Picnic Club

ピクニック部・嶽本野ばら

Novala Takemoto

小学館

装幀　松田行正

ブサとジェジェ

Jane Marple forever——！

辞世《じせい》の句を遺《のこ》さねばならないとしたら、私は短冊にそう書いてしまうかもしれません。

まだお店がラフォーレ原宿の4.5階にあった時代からですので、私のJane Marple歴も、最早《もはや》、十年以上ということになります。その頃、Jane Marpleは既に超有名なメゾンで、上級ロリータさんご用達《ようたし》の代表格という印象で、私など畏《おそ》れ多く、近付けなかったのだけれども、嗚呼《ああ》、あの日、私はその4.5階へ足を踏み入れてしまったぁー。

言い訳をするではないのだけれども、その日の私は少し焦っていたし、疲れてもいたのです。学校のプールの授業で水着が必要になった。うちの高校には学校指定の水着がない。だから自分で見繕《みつくろ》わねばならなかった。たかが授業の為《ため》のものだし、中学の時のスクール水着でいいやと思っていたのだけれども、前日、試しに着用してみたら、肩の部分が入らない。ムリクリに腕を通してみたなら、腰の曲がったお婆《ばあ》さんみたく変な姿勢になる。少しは背が伸びたけど、体重はさほど増えてはない訳だし……。

一旦、脱いでサイズ表記を確かめたらタグに１３０と書いてありました。うーん、幾ら伸縮性があるとはいえ、１３０は無謀だったか。もう背丈は１６０に届くのだし。

だからして京急、ＪＲと乗り継ぎ私は原宿まで水着を買いに出掛けることにしたのです。高校二年、初めてのプールの授業ということで女子校であるが故なのかどんな水着を着るの？　その話題で盛り上がっている一団もクラスにはいて、私としては変哲ないスクール水着で充分だったのですが、新調するのであればそこそこ可愛《かわい》いものを選びたくなります。セコい乙女心が、近くのイオンではなく原宿へと向かわせた。先《ま》ずは OLIVE des OLIVE に行きました。中学の頃から私はこのブランドが好きで、偶《たま》に親におねだりして買って貰《もら》っていました。

　当時の原宿の OLIVE des OLIVE はラフォーレではなく、そこから明治通りを渋谷のほうに向かうところにありました。確か前に行った時、水色っぽいワンピースタイプが売っていた筈《はず》で、あれなら可愛過ぎるから駄目とか、エロいとか、冷やかされない程度の素敵さだし、勝るものはなかろうと母から貰った一万円札が追加された財布の入った OLIVE des OLIVE のトートバッグを肩に掛けた私は、原宿駅から一路《いちろ》、ショップを目指したのでしたが、その日、その水着は完売していて、他の水着も入荷待ちというバッドな展開。入荷を待つ余裕もないので、「他の店舗から取り寄せられるか訊《き》いてみましょうか？」探そうとしてくれる店員さんにお礼をいって、新作のスカートやキャミなどを手に取る余裕もなく OLIVE des OLIVE を出たのでした。

　となると何処《どこ》で買えばいいのかなぁ。ひとまず竹下通りを歩いて、ありそうなお店に入ってみますが、変な水着しか売ってない。変というと語弊があるだろうけど、これを買うくらいならイオンで買うよ、というものの他、見当たらない。ムラサキスポーツに行けばあるでしょうが、OLIVE des OLIVE で買う筈だった私が、何故《なぜ》にムラサキスポーツで水着を買わなければならないのか？

そのうちに足が痛くなってくる。一回、ちょこっとしか入ったことはないけど、ラフォーレに行ってみようか。あすこなら多少予算的にお高いものしかないだろうけれど、あることはあるだろう。

こうして買ってしまったのが Jane Marple の白地にさくらんぼ柄というクソ可愛いセパレートタイプの水着でした。

胸の上に結ぶタイプの細いリボンがアクセントとして付いていて、上はホルターネックになっている。同柄のパレオもセットなのですが、こいつがクセモノで、ミニスカートの可愛さを表現したいから、水着なぞ作りたくもなかったのだけれど……といわんばかし、付属品の癖、断然、主役を張っている。

かくなる経緯から、一番最初に Jane Marple で入手したアイテムはジャンスカでもTシャツでもソックスでもなく、水着なのです。Jane Marple 信者としては異端《いたん》過ぎるから、このお迎えのことは今まで誰にもいっていません。ええ、あのコにも嘘《うそ》を吐《つ》いていいます。

ぶさマルコ――国民的に著名なあの漫画の名前をアレンジしたしょーもない登録者名のフリマアプリで私（私とて、ジェジェという安易《あんい》に Jane Marple をもじった登録者名なので人のことはいえない）からいつもJaneのいろんなアイテムを買ってくれるお得意様のコにも、最初に買ったのはさくらんぼ柄のジャンスカだったと虚偽《きょぎ》の報告をしている。「さすがジェジェさま！」と返信されて益々《ますます》、訂正がやれなくなった。

ぶさマルコは、取り引きのやりとりを何回かするうち、私になついてしまった。まだJane Marple歴が浅く歳《とし》も若く、正規のルートで新品を買ったのは数回、後はフリマアプリで安値のユーズドを求めるばかり、中には写真では美品なのに送ってきたものを観《み》ると、ウエストのゴムが伸びきっていて穿《は》くに穿けないスカートだったり、多少、シミありなので格安でというフレーズに釣られて購入したなら多少のシミどころではなく、写真には写ってないコーヒーか何かを零《こぼ》した跡が背中にびっしりこびりついているものを掴《つか》まされたり、中国製のコピー品にお金を払ってしまったりしたこともあるらしいので、良心的な価格で保存状態もいいものばかり出品する私に好意を抱《いだ》いてしまったのも無理がないのかもしれねども、しかし、最近はジェジェさまではなく、お姉さまと書いてきたりするので、少し恐《こわ》い、です。

私達が使っているフリマアプリは、商品のコンディションなどを質問してこられたらきちんと返し、取り引きが成立し最終的に受け取り確認が終わるまでは相手を不安にさせないよう状況を知らせるよう推奨されています。だから取り引き期間は互いに億劫《おっくう》でなければLINEのように矢継ぎ早、チャット的なやりとりが起こるケースもある。

ぶさマルコからのメッセージが頻繁になるのは購入に至るまでよか発送から到着までで、私が発送の連絡をすると、「嗚呼！　待ちきれませんけど待ちます！」「ううう、楽しみ過ぎて眠れない」——取り引きには関係のないことばかり書いて送ってくる。無視するのは気が引けるので都度、「我慢、我慢です」「寝て下さい」と最初は適当に応《こた》えていたのだけれども、そのうちに「ジェジェさまはジェーン歴お長いんですか？」とか訊《たず》ねられるようになり、自分のJane Marpleに関するヒストリーを教えるようになってしまいました（そして、初ジェーンは？　の質問をジャンスカと返答してしまった）。

私としてもJane Marpleに関することを持ち掛けられたら、相手の顔が解《わか》っておらずとも詳しく語ってしまう。誰にでもではないけど、この人はガチにJane Marpleが好きなんだと滲《にじ》み出てくる者ならば、レスに力が入ってしまう。

ネットで知り合っている人以外、周囲にJane友達なぞいないし、つい、そうなります。

ぶさマルコへ最初に売ったのはボルドーの別珍《べっちん》フレアスカートでした。

秋冬に出るJane Marpleの定番ともいえるこのテの膝丈スカートを私は何着も持っている。

初めての Jane Marple は水着だったけども——抗《あらが》えなかったのだ。頭の中が真っ白になった。表のディスプレイのトルソーが着せられていたのは白にさくらんぼ柄のジャンスカで、Jane Marple であることも知らず、確かめず、それが眼《め》に入るなり私は熱病に罹《かか》った者の如《ごと》く、店内に踏み込んでいた。なので買うに至った経緯を実は余りきちんと憶《おぼ》えてはいないのだ。「水着もあるんですよ」といわれたのは微《かす》かに記憶しているのですが、その店員さんの応対が自分が水着を探しに来たことを告げたからのものだったのか、そうでないのかも定かでは、ない。気が付くと私は帰りの京急に揺られながらシートに座って白い Jane Marple の袋を抱え、にこにことしていた。袋の上を閉じる為に貼られた王冠の絵が描かれた四角いシールを剝《は》がすのが勿体《もったい》なくて、中を観たいけど観れないことにすら満足していた。ママに貰った分では足りなくて、自分のお小遣いを足して買ったこともまるで後悔なく、逆に誇らしかったくらいだ。そんな派手なのでいいの？　買ってきた水着をママは不審そうな顔で観たし、学校のプールの授業に入る前、先生から持ってきた水着のチェックがあり、ビキニは駄目っていったでしょ、怒られ私はその授業をプールサイドで見学することとなるのだが、別に着ているところを誰に見せびらかしたいのでもなし、特に残念とは思わなかった。そしてお風呂に入る時に着たりしていたのだけど、やっぱそれじゃこの水着に申し訳ないなと、市営の室内プールに赴《おもむ》いた。まるで泳げないから浮き輪を持って行ったせいもあり、小学生らしき女の子が親に、あのお姉ちゃん、どうして子供の水着と浮き輪なの？　指差し大声で訊ねる声で皆の視線を一斉に集めてしまったけれど、怯《ひる》まず、私は25mプールをバタ足で一往復して帰路に着いた。これで水着としての役割は曲《まが》りなりとも果たさせてあげることが出来たから赦《ゆる》してね、そうさくらんぼ柄の水着に語り掛けた——すぐに私は、Jane Marple は春夏も良いけれども、そのメゾンが真価を発揮するのは秋冬だと知ることになります。

　別珍やベルベットを使用したスカートやジャケット、そしてタータンチェックのモチーフ……。

　イチゴだったりさくらんぼだったりのフルーツ、或《ある》いはフラワーのアイテムが多く出る春夏だって Jane Marple らしいのだけれども、もし清少納言《せいしょうなごん》が今の時代に生きていたら、きっと秋はジェーン——としたためたことでしょう。寒い季節のものになるとこのメゾンは春夏のカジュアルな可愛さを重厚で神秘的ともいえるクラシカルな情緒に溶け込ませてしまう。そのお洋服を纏《まと》った者を聖少女と呼ぶに相応《ふさわ》しくする。

　別珍のスカートとは、古臭くて重たそう……。イメージを持たれてしまうかもしれねども、主に膝丈の、腰から台形型にふわりと広がっていくスカートはフレアになっていたりティアードになっていたりするので絶妙にポップな軽やかさを失わない。リボンがあしらわれたりすることもある。

黒が定番だけれども私が好きなのはボルドーだったり深い青だったりの別珍スカートだ。

鈍い光沢の具合が黒に比べてよりよく顕《あらわ》れ、ヒダで陰になっている部分とそうでない部分のコントラストがフェルメールの絵の遠近の如く静寂の中で揺れ動く。そう、Jane Marple の別珍はその青にしろ黒にしろ赤にしろ何処かフェルメールじみている。フェルメールという画家はあの独特の青色を得る為、ラピスラズリを砕いた顔料を用いたそうです。天空の破片とさえ呼ばれる高価で希少なそれを、画家は一家の生活を犠牲にしてまで得ようとした。

だから毎シーズン、つい、別珍のスカートを買ってしまうのです。私達、Jane 信者は別珍のことをベロアとは余り呼びません。グランドがポリエステル、パイルがレーヨンのものであろうと、Jane Marple のものである場合〝別珍〟と称するのが慣わしのようになっています。

ぶさマルコに売ったのも、グランドがポリエステル……の赤系の膝丈プリーツフレアで、秋冬としては浅い時期に出た生地そのものは割りと薄めのアイテムでした。後ろの金色のジッパーとその金具の先端に付いている小さなリボンが妙に可愛くて、腰の部分が多少ゴム仕様、調節が可能になっている。

秋の立ち上げの写真のカタログをレジで店員さんに観せて貰《もら》う時、もうよっぽどのことがない限り別珍スカートは買わないよと宣言しているのですが、実物を観ると毎回、買ってしまう。「買わないといってたじゃないですかぁ。駄目ですよぉ」笑いながらいう担当店員さんに、「駄目だよねぇ」溜息《ためいき》を洩《も》らしながら応え、メンバーズカードに金額分のスタンプを押して貰う。

別珍スカートに関しては昔のもののほうが個人的にはしっくりくるから、買ったはいいけどそのままハングタグすら取らないままクローゼットに吊《つ》るされ一度も活躍しないままのものも少なからず出てきます。最初に水着を買った時の、あの Jane Marple に対する敬意は何処にやってしまったのだと自分を叱りつけるのだけれども、「4.5階時代からの古参選手ですから、そういうことにもなりますよ」担当店員さんが慰めてくれると少し罪悪感が薄らぐ。「なにせ、別珍ですからね」「そうだね、お菓子とジェーンの別珍は別腹だよね」。

もう4.5階にお店があったことなど店員さんでも知らない人のほうが多い。2階に移転した時は外観も内装も全く変わってしまって泣きたくなったけれども、それでも Jane Marple はやっぱり何処までいっても Jane Marple なので、暫《しばら》くすると今のお店にも慣れました。

エスカレーターを降りてすぐ右、金文字で Jane Marple――Jane Marple Dans Le Salon と小さく入れられた白い壁には目線の辺りに小さな四角い穴が空いていて、何時《いっ》もミニチュアがディスプレイされている。

壁の前を通過して透明のボックスに入れられた実物サイズのトルソーのディスプレイとの間を抜け、店内に入ると前方がJane Marpleのお洋服。後方にはセカンドの少し大人ラインのDans Le Salonが並んでいる。Dans Le Salonの奥の壁にはヴェルサイユ宮殿か！　と叫びたくなるような金縁《きんぶち》のデコラティブな額装のなされた大き過ぎる鏡が据えられていて、その横の奥まった場所に試着室がある。

試着室でもう買うことを決意していても必ず私は、一旦、出て外の鏡に自分の姿を映します。大きな鏡に映す時もあれば、出てすぐの一回り小さなやはり金縁額の鏡（その前には座面に鶯色《うぐいすいろ》の布が貼られたアンティークのダイニングチェアが置かれている）に映すだけの時もあるし、そこと対面する壁の張り出しにオブジェのように飾られるハートや様々な形の小振りの金縁の鏡を代わる代わる覗《のぞ》き込みつつ、くるくる身体《からだ》を回転させてみることもあります。

クローゼットにしまったままのものが出てくる理由として、こうやってひとまず一旦は着用（まだ自分のものになってはいない段階だが）したことで、そのお洋服に対する気持ちがおさまる部分があるのだと思います。

試着は、告白と同等。そのまま試着室で脱いでしまわず外の鏡に映し出すというのは、私はこのお洋服に求愛しました、付き合って下さいといいました――と皆に宣言するのと同じこと。そしてお買い上げは、その恋が成就したということ。こう考えれば、伝えられれば返事の是非などどうだっていいと思っていたのだし、後のデートプランやキスに至るタイミングの計画を、ぞんざいにしてしまうは、仕方なきことと頷《うなず》けます。

十年選手になろうとも、Jane Marple のお店に入る時は緊張するのです。似たような新作であろうが、毎回、自分に似合うのかなぁ……着てもいいのかなぁ……悩むのです。

新作のサンプル写真を観せられると目眩《めまい》がし、白い Jane Marple の袋を肩に掛けて神奈川まで帰る時はにこにこしてしまうのです。

とはいえ OLIVE des OLIVE だって未《いま》だ好きです。

通勤やロリった姿が似つかわしくない場所柄へ出向く時、OLIVE des OLIVE は無敵です。というか大抵の場合、私は OLIVE des OLIVE を着ています。どちらかを選べといわれると困ります。Jane Marple は Jane Marple なのだし OLIVE des OLIVE は OLIVE des OLIVE ですもの。

ぶさマルコに売ったのは昨シーズンのものなれど、試着以来一度も穿かれぬままのものだったので、商品状態を記す欄は「未使用に近い」を選択し商品名と説明欄に「膝丈プリーツスカート。未使用に近いにしましたが試着のみの新品です。前のシーズンものになります。着丈56㎝、ウエスト28㎝×2（後ろのファスナー部分にゴムが使われていて若干のびます）。色は深い赤系（BO）で素材はグランドポリエステル、裏地はキュプラ。同じようなものばかり持ってるのでもったいないけどジェーンがお好きな方に」と書き込み、iPadで撮った写真を付けて出品したものでした。

商品名は「ジェーンマープル　別珍スカート　ボルドー」。価格は送料込みの3800円と破格にした。もっと高値を付けていいものだったのですが、コンディションや発送に関する質問なら可能な限り丁寧に応えれど、値引き交渉をされるのが嫌なので、究極の値段設定にした。丁度、探していたJane Marpleの初期、王冠帽子を出品している人がいて、このスカートが売れたならそのポイントを持っている売上金と合算させ、入手出来る、かなり貴重なアイテムだし私以外にも探していた人は多い筈、早く購入手続きを踏みたいとの目論見《もくろみ》もありました。

夜中に出品し、翌日会社に行く通勤電車の中、スマホで確かめると「ジェーンマープル　別珍スカート　ボルドー」は売れていた。購入者——ぶさマルコはコメントにこう記していました。

「無言購入すみません。でも購入希望のお伺いをしているうちに他の人が絶対に買ってしまうに違いないと、慌ててしまいました。お気を悪くなされないで下さい。このお値段でこのお品が買えるなんて夢のようです。よっぽどのご事情がおありなのだと思います。私はまだ学生なのでそんなにお金はありませんがもし、ご入用なら後、１０００円くらいは出せます。他にジェーンのものでそれくらいの値段のものがあれば併せて購入させて頂きますので何卒《なにとぞ》、このスカートをお譲り下さい。よろしくお願いします」

私達の使っているフリマアプリには、購入の前に購入したいというコメントを送る仕来《しきた》りがある。別に送らなくとも購入手続きのボタンをタップして購入を確定してしまえば買えるのですが。エチケットみたいなものです。煩わしい場合、無言購入、即購入ＯＫと説明欄に書き加えることが多い。

このフリマアプリでの売買歴は短くないから、無言購入でも一向、お気を悪くしなかったのですが、その後の文言に少し、私は、お気を悪くしました。

「ご入用なら後、１０００円くらいは出せます」――。まるで私が明日にでも電気か水道を止められてしまうのでせっかくの Jane を売りに出した可哀想《かわいそう》な人のようではないか……。

ぶさマルコという名前も多少、嫌でした。自分で自分をブスだという女子が私は嫌いです。私とて平均には劣っているやもしれぬ自覚がないではないけれども、謙遜《けんそん》ですらそれを人にいうことはない。だってもし私がブスであるのなら、私に着られる Jane Marple のお洋服はものスゴく惨めではないか。せっかくどんなメゾンのものより可愛く作ってあるというのに、選《よ》りに選《よ》ってブスな私に着衣されてしまうJane Marple――。ブスを公言するのならJane Marpleを買う資格はないと、私は思っています。

そりゃこの値段でこのスカートは激安だよ。だからって売りに出す私を案じるなんて何たる不遜《ふそん》。資金に余裕があるってならちゃんとJane Marpleのお店で買いなよ。私から買ってもJane Marpleは一銭も儲《もう》からないのだから……。

会社に着いてからも昼休みまで私はぶさマルコに腹を立てていました。

売るのを止《や》めようかとすら思いました。でも食堂でランチを食べながら、ぶさマルコのプロフィールを探っていたら、多少、怒りは収まってきました。

ぶさマルコの出品しているもの――中学生用の参考書だったり、未使用の三角定規とコンパスのセットだったり(コクヨ製!　とスゴく威張って書いてある)、シーサーの置物だったり、半分以上使ってあるCANMAKEのネイルだったり……を観ていると、本当に学生、それも中学生か高校生なのだろうなと想像がついたので。「可愛いものが大好きです」という粗末な自己紹介文も私が抱いてしまった悪印象を和らげました。しょーもないものばかりだから価格設定も軒並みに低い。でも何故《なぜ》か「Vivienne Westwoodの財布　偽物」と書かれたチェック柄だけど付いているオーブがイチゴの上にクロスという誰が観たってVivienneではなく偽物ですらない長財布を、ぶさマルコは5000円という高額設定で出していました（無論、そんなものに購買を検討する為のブックマーク的役目を果たす、いいね！　など一つも付く訳がありません）。

会社から帰って送料込みで1000円で売ってもよかろうJane Marpleのものがないかをクローゼット、机の引き出しなどを引っ掻《か》き回して探してみましたが、生憎《あいにく》、見付かりませんでした。

出品しているものの中で値引きしてもいいものがなくもなかったのですが、丁度、秋口、コートとか送料が嵩張《かさば》るものばかりだったので、1000円にするのは惜しい。所持するアクセサリー類には1000円で譲って良さそうなものもあるけど、それこそ、ぶさマルコの思惑とは異なり、至急、お金に困って出品している身の上ではないので、手放す気にはなれませんでした。

ひとまず私は、

「ジェーンマープルのもので1000円前後のものは今はないですね」

とコメントを返しておきました。すると、10分くらいで、

「ジェーンでなくても可愛いものなら買います」

返信があったので、私はまた部屋の中を捜索することにしました。そして候補を二つに絞りました。一つはOLIVE des OLIVEの袖口にレースの付いた生成《きな》り色のプル

オーバー（袖口は締まっているけどそこまでのラインは落とし気味の肩からふっくらとゆとりを持たせてある仕様なので、カジュアルだけど姫袖っぽくなっている）、一つは何かを記念して限定品として出されたであろうボール紙素材の四角い箱に入れられたハートに模《かたど》られたスチール缶に入った泡立てネット付きの牛乳石鹸《せっけん》の赤箱ハート缶。缶の上蓋には金文字でCOW――ホルスタインのイラストと白い飾り文字でBeauty Soapと入れられている。

それぞれの写真を撮って、送料込みの1000円にして簡単な紹介文を入力し、アップして、ぶさマルコに二点、出品を追加した旨のコメントを返しました。

速攻で、ぶさマルコからレスがありました。

「牛乳石鹸のほうをお願いします！　超可愛いです！」

こっちを選ぶとは予想していなかったので、私は一寸《ちょっと》、後ろめたくなりました。確かに可愛いのは可愛いのです、この限定品のハート缶の牛乳石鹸。他に同じ出品がないか調べたら2500円で売っている人もいるし、高くもない。でも何処かにまだお金に困ってJane Marpleを売りに出したと思われたという遺恨のようなものが私の中にこびりついていて、相手は子供だし、からかってやろうという気持ちがこの牛乳石鹸のハート缶をチョイスさせたものですから。

これではなくプルオーバーとは別のOLIVE des OLIVEの化粧ポーチを出すことも

やれたし、アクセ類をまとめることもやれた。ANNA SUI のタグを切っていないガーゼハンカチや、一回のみ使用のルージュという選択だって、あった。

「牛乳石鹸のほうでいいですか？」

私は念を押すコメントを戻す。

「ジェーンの牛乳石鹸なんて最高過ぎます！」

やっぱりぶさマルコは間違えていました。

「ジェーンではないです。単に牛乳石鹸の限定品です」

私はまたコメントをし、そして更に、

「しかしこの赤箱の石鹸は洗顔にも使えるし、通常の洗顔剤がピリピリしてしまう肌が弱い私が洗顔用に使うくらいだからそこそこにいい商品ではあります」

付け足しのコメントを入れました。

暫くして、ぶさマルコからの返信。

「はい。すみません。ジェーンじゃなくても可愛いと思うし、それが欲しいです」

「了解です。じゃ、スカートと同送出来るから牛乳石鹸は７００円に設定し直します。もし OLIVE des OLIVE のプルオーバーも気になるようなら１０００円のまま購入して貰ってそれも同送するってのでもいいですよ」

私が戻すと、ぶさマルコは、

「プルオーバーはいらないです」

やっぱりこいつ、少し腹立たしい……。私は彼女のコメントに悪態《あくたい》を吐きつつも、牛乳石鹼の赤箱ハート缶の価格設定を７００円に直し、再設定出品をしました。すかさずぶさマルコがそれを購入した通知がアプリに届く。

「じゃ、明日にでも送れると思うのでしばらくお待ちください」

「はい、よろしくお願いします」

取引の挨拶《あいさつ》を済ませ、すぐに私はスカートと牛乳石鹼の梱包《こんぽう》に取り掛かりました。

このような発送をする為に私は常時、シモジマの全判サイズの薄葉紙《うすようし》と40㎝×10ｍのエアキャップ（酒井化学工業）を用意してあります。スカートは薄葉紙で、牛乳石鹼はエアキャップで包む。送料格安な小〜中サイズの専用ボックスでの発送は無理なので、マチのある厚手のクラフト紙で出来た袋（私達のようにフリマアプリを使う人間用に開発されたのだろう。こういう資材が最近は一杯、Amazon で売っているので助かる）に入れて、封をする時に迷ったのだけど、Jane Marple でお買い物の時に昔、頂いた赤バックに白文字でAの文字のシールも一枚、オマケとして入れました。風呂に早く入れと伝えにきたママが、梱包作業は終えたけれども床にカッターナイフやハサミがとっ散らかった私の部屋の様子を観て、嫌な顔をします。

「またやってるの？　ビンボー臭い」

ママはユーズドの売買自体に抵抗があるらしく、特に売ることを下賤《げせん》な行為だと思っている。

「いろんなデパートで化粧品のカウンターを毎日回って、貰った試供品を集めてそういうのに出すのを商売にしている人もあるそうじゃない。ニュースでいってたわ」

この歳になって未だに実家暮らしなのは、Jane Marple を買ってばかりいるからで、一人暮らしをすればこんな文句も聴かずに済むのですが、狭いワンルームのマンションでも借りて毎月の家賃や光熱費を給料から捻出する余力があるのなら、それを Jane Marple の軍資金に回したいです。それに常にパンパンになって扉がちゃんと閉まらないクローゼットの中の Jane Marple を収納可能な賃貸マンションとなると、そこそこ高いではありませんか。

ママがビンボー臭いという気持ちは解らなくもないです。でも、多分、私はこうして Jane Marple のお洋服を綺麗《きれい》に包んで袋に入れて送り出すという作業そのものが好きなのだと思います。自分も Jane Marple の店員さんになったような気がする。百円ショップで買う白のスチレンボードや模造紙を床に敷き、出品の為の写真を撮影することも、商品の着丈や身頃をメジャーで計測することも、割りと好きな作業で、会社で任されている Excel の入力のストレスの解消になっていると思うことすらあります。

そういえば小学生の頃、ぼんやり、お店屋さんの店員になりたいと思っていたなと想《おも》い出します。何を売るお店なのか具体的には想像やれなかったけど、それは、包んだりすることが好きだったからではなかろうか？　カフェなど飲食店の店員さんには興味ありませんでした。包む作業がないから。

翌日の朝、通勤の電車に乗る前にコンビニからぶさマルコへの荷物の発送をしました。

多少、郵便に比べると送料の負担が大きくなることがあっても、初めて取り引きをする人には、こちらの住所も相手の住所も教えぬままに売買がやれる匿名発送を、私は使用します。いかがわしい目的で女子が着用した服を買う男性というのもいるそうなので。ロリ服を多く出品する個人の場合、そういう人達のターゲットになりやすいから……。最初にフリマアプリで私が買った、やはりJane Marple愛好家の出品の人がそうコメントしてくれたので、私も気を付けるようにしています。

アプリ内にある「商品を発送したので発送通知をする」という赤いボタンをポチッと押したなら発送作業は完了なのですが、一応、「コンビニからさっき送りました」というふうにコメントを送ります。いちいち面倒という人もいるようですが、それなら使わなければいい。こんなコミュニケーションをしないでもユーズドを売買出来るサイトは沢山あるのですし、ファーストフードのお店で、ゴミを自分でダストボックスに持っていくのが嫌だと文句をいうようなものだと私は思います。

「到着したらすぐに連絡します！」

昼にぶさマルコからコメントが入りましたが、受け取り連絡が来たのは約一週間経《た》った頃でした。

「大変遅くなって申し訳ないです！　今日、受け取れました。可愛いです！　感動です！　ジェーンの別珍は憧れでした。今日は飾っておいて、明日穿いてみます。感謝です。感謝です（涙）」

「あ、あ、あ、あ。すみません。シールのお礼をいうの忘れていました。ありがとうございます」

ほぼタイムラグなき続けざま二つのコメントの後に、

「牛乳石鹼にはこんな可愛いシールが付いてたのですね」

また勘違いのコメントがなされていました。同封したのはJ、A、N、E……とスペルが一文字ずつ別にシールになっている中のAで、通常のJane Marpleのシールであればメゾン名のロゴが入っていれどもこの一連のシールにはない。だから、間違ってしまっても仕方ないのかもしれないけれども……。

さとれよ！　ぶさマルコ！

牛乳石鹼も可愛いし赤箱ではあるけれども、赤いシールとはいえ牛乳石鹼がそんな可愛いのを作る筈ないだろが。

相手が受け取り評価というものをアプリで完了させると、取り引きは成立となって私に送料等を差し引いた額のポイントが入れられます。これを得て私は、王冠帽子を購入しました。「いつもありがとう！」――何度かJane Marpleのものを買わせて貰っている出品の人で、私よりJane Marple歴が古いのは出品してくるものから察しが付きます。田園詩やATSUKI ONISHIの出品もあるのでかなりキャリアのあるロリータさんでしょう。私からJane Marpleを買ってくれることもあります。「丁度、この時期、出産と育児で離脱《りだつ》していたのです」。

こういうふうにして誰かに販売したJane Marpleで得た収益で誰かが出品しているJane Marpleを買い、その収益を得た人がまた違うJane Marpleを出品している人からJane Marpleを買うみたいな、ウロボロスの蛇の如《ごと》き循環が繰り返されることも往々にして起こり、何処か私達はこれを愉《たの》しんでいる部分がある。

王冠帽子の出品者さんに拠《よ》れば、ネットの黎明期《れいめいき》に於《お》いては個人のホームページのチャット欄に集まり、Jane Marpleが好きというだけでハンドルネームしか知らぬ者同士、一晩中盛り上がったりすることもあったそうです。初期ロリータは機械に強い者が多くて、まだスマホなどなくガラケーの普及が始まった頃、当然のようにパソコンを所持していたらしい。そういえばぶさマルコ同様、この王冠帽子の出品者さんに初めてのJane Marpleを訊ねたことがありました。

シルバーの王冠の指輪——だったと王冠帽子の出品者さんは応えてくれました。「近くにお店がないし、オンラインショップなんて考えもつかない時代だったので、チャットで知り合った人が買いに行って、送ってくれたのが最初でした」——ハンドルネームしか知らない人の買い物の代行を引き受け、送る人がいたってことだ。多分、買う時、お金はお店に行ける人が立て替えて、後で現金書留とかで代金を貰っていたのだと推測します。無論、同じJane Marple愛好家ということで代行費なんてものも取らずに……。「だからこればっかは親が死のうと手放さない」、王冠帽子の出品者さんはこうもコメントをくれました。「実は王冠部分が大きくて重くて台座から外れちゃってるんだけど、接着剤でくっつけてずっと飾っております」。

ぶさマルコにシールは牛乳石鹸のオマケとしてではなく、Jane Marpleのスカートのオマケであり、それがJane Marpleのシールであることをコメントする。ここからぶさマルコは私の出品を逐一チェックするようになり(私をフォローすれば新しく私が何か出すとアプリが教えてくれるのですが)、私のお得意様になっていくのですが、そんなに多くのJane Marpleを買う訳ではありませんでした。

自供に拠ると高校に上がったばっかからしい。月に5000円、親からお小遣いとして貰えるらしく、だから一度に出せる金額のマックスが5000円になるようです(参考書や使用済みのCANMAKEでは売れても大した収益にはならないだろう)。

私としてもその上限で出せるJane Marpleはそんなに持ちません。

それでも、クローゼットの整理をしていると思わぬものが出てきたりして、なんとなくこれ、ぶさマルコが買いそうだなぁと思うものがあると、送料込みの5000円以内で出すのを心掛けるよう、何時しかなっておりました。王冠モチーフの赤いロゼッタだったり、チョコレート柄の腰に赤いリボンの付いたワンピだったり、イチゴ柄のタックスカートだったり、ピンク地にドットの入った赤い縦ラインが入るレガッタジャケットだったり（ぶさマルコは赤いものに弱い）、相場価格に関係なく、これは結局着ないままだろうなぁというものを特価で出品する機会が増えました。

最もぶさマルコに有り難がられたのは靴でした。そこそこの身長の割に私は足が小さく、Jane MarpleならばSでないと大き過ぎて歩けません。Jane MarpleのSは23〜23・5くらいのチビッコ設定なので履く人を限定する。フリマ出品に際してもSは無理と、安くしても買って貰えないのですが、ぶさマルコはサイズが合うらしい。従い、四連ストラップのシューズや、ウィングチップのメンズライクな革靴を、私は一足2500円でぶさマルコに譲りました。私にしてもJane MarpleのSサイズ靴を買ってくれる人は有り難い。

「ジェーンはお靴、べらぼうにお高いじゃないですか！　だから大人になるまでは絶対に無理って思ってました。もうジェジェさまは神様です」

「ブサコさんは足何センチなんですか？」

「23です」

「小さいですね」

「でも身長は164もあります。変です」

「私も23・5だけど背は165ありますよ」

「ひゃー！　じゃ、私も頑張ってあと1㎝身長を伸ばします。お揃《そろ》いにしたいです」

どのタイミングかは憶えていないけれども、私はぶさマルコのことを約《つづ》め、ブサコと呼ぶようになっていました。ぶさマルコは私が新しい出品をしなくとも、ぶさマルコの小遣いでは手が届かない5000円以上に設定されたJane Marpleの出品にコメントを入れてくることがある。「このさくらんぼ柄のワンピ、可愛いですねー」「おお！　これはジェーンさんの総ロゴプリント、スクエアドレスではないですかあ！ヤバいです」。購入意思はなく、単に感想をコメントしてくるのですから、レスの必要はないのですが、つい、私はしてしまいます。

だって私にしろ、Jane Marpleに行って毎回、何かを買う訳ではない。一寸、心が晴れない時、ラフォーレ原宿2階のJane Marpleを訪れれば気持ちが明るくなる。

担当の店員さんと、これ、可愛いですよね、ヤバくないですか——あのJane

Marple しかない聖域ともいえる空間で、お洋服を観ながら少しだけお喋《しゃべ》りをするだけで幸せになれる。

幸せ――そんな大袈裟《おおげさ》なと嗤《わら》われるかもしれないけれども、それがお前の幸せならばお前の人生はなんと粗末だろうと侮蔑《ぶべつ》されるのかもしれませんが、私にとっての一等の幸せとはその瞬間なのです。ですから自分の出品した Jane Marple のお洋服に、買う気はなくとも少なくとも Jane Marple が好きで好きでどうしようもないことだけは確かな人が感想を述べてくると、何か返したくなる。「さくらんぼは定番だけど、これはキャンディラベルをコンセプトにした20周年アニバの年に出たやつですよ」「ロゴシリーズもよく出るけど、私はシュガーロゴよか、こっちのトラディショナルなプリントのほうが好みですね」――Jane Marple の店員さんにしろ、どんなお客さんであろうとディスプレイされた新作を素直に誉《ほ》められたら、笑顔で説明を与えるでしょうし。

……そういや、もう十年以上も付き合って貰っているというのに、苗字《みょうじ》以外、私はお店での自分の Jane Marple の担当さんのことを一切、知りません。多分、どうでもいいのだと思います。

Jane Marple の店員さんは Jane Marple の店員さんでしかないのだ。

それだけで私は彼女のことを大切に扱える。もし突然、テレビをつけたらその人が痴情のもつれの末、交際男性を刺し殺して浴室でノコギリで遺体をバラバラに解体して都内のロッカーに分けて遺棄した犯人として紹介されたとしても、絶対に悪いのは相手の男性だと確信するに違いありません。そんなことで担当さんへの親近感が薄らぐことはない。私達を結ぶ Jane Marple という絆《きずな》はどんなルールやモラルよりも強固な筈です。

私に対するぶさマルコの感情は私が Jane Marple の担当さんに抱くものと同様ののような気がします。

自分が買える範疇《はんちゅう》の Jane Marple が出品されていなければ、同じく出品している OLIVE des OLIVE のものを購入してくれればいいものを、ぶさマルコは OLIVE des OLIVE に対しては徹底的に無関心でした。

しかし牛乳石鹸はかなり気に入ったらしく、私が出品した Jane Marple が懐《ふところ》の都合で買えない場合、「もう牛乳石鹸はありませんか?」——訊ねてきました。ハート缶はないものの、ママの妹が牛乳石鹸関係の仕事をしているもので、うちには常に、大量の牛乳石鹸がストックされています。

子供の頃から肌が弱くどんな洗顔料でも赤らんだりかさついたり、トラブルを起こしてしまう私の症状を聴いたママの妹が、ミルク成分にスクワラン配合で、安いけど赤箱の牛乳石鹸は赤ちゃんの肌にも優しいから使ってみれば——と試しにくれたそれで顔を洗ってみると、とてもいい感じでした。以来、私と私の家族は皆、洗顔に牛乳石鹼赤箱を使うようになりました。定期的にママの妹がまとめてどっさりと送ってくるので、只《ただ》です。

「スチール缶のやつはあれしか持ってないです。単なる紙箱の牛乳石鹼ならいくらでもありますけど」

　とコメントするとぶさマルコは、

「それでいいです。欲しいです」

　なんかまたとんでもない勘違い——紙箱といえどもハート型になっているだとか——をしているのではないかと危ぶみ、私は家の洗面所のサニタリーラックの一番下の段ボール箱に無造作に詰め込まれた牛乳石鹼を両手に抱え、それをスチレンボードの上にまとめ置きし、写真を撮って、ぶさマルコに観せるだけが目的なので9999999円——設定可能な最高額にして出品の手続きをとりました。

「私、牛乳石鹼は青い箱しか知りませんでした。やっぱり紙箱さんでもジェジェさまの牛乳石鹼は可愛いです！」

「何個欲しいですか？」

　コメントを返しつつ、私は宅急便コンパクトの箱にいくつ、牛乳石鹼が詰められるかを試します。どう工夫してみても8個しか入りませんでした。希望小売価格が一個

100円だから単純に計算すると800円相当の品、送料として450円、手数料が10％差し引かれるし、

計算をしてぶさマルコに伺いをたててみる。利益としては150円にしかならぬのですが家に有り余っているものを売るのだから、儲けを100円まで下げたところで損はしません。

「8個666円でぃかがでせう？」

「箱をあけると薔薇《ばら》の香りのような、それでいて清楚《せいそ》な、まるでJane Marpleのような香りがしてこの石鹸はとても好きです。ジェジェさまはきっとこんな香りのするお姉さまなのだろうなと思うとゾクゾクしてしまいます」

一個あたり90gですしどんなに激しく消費しようと、8個なら三ヵ月は持つだろうに、ぶさマルコは月に一度くらいの割合で牛乳石鹸の出品をねだりました。一度、本当に牛乳石鹸を安く買おうと捜している人がいたのでしょう、ぶさマルコが購入手続きを取る前に違う人に買われてしまったことがあります。この時のぶさマルコの慌てっぷりったら！

「人生に於《お》いて挫折は必要だといいますが、それは真の絶望というものを知らない人の言葉なのだと思います。取り返しのつかない過ちを犯し、もう私は神へすら縋《すが》る気力を持ちません」

「まだいくらでもありますから」

私は閉口しつつもぶさマルコの為に、すぐさま新たに牛乳石鹸8個入りを出品しなくてはなりませんでした。

必要なくとも牛乳石鹸は買う癖に、何故に OLIVE des OLIVE を無視するのか？ Jane Marple と遜色《そんしょく》なき可愛さのタータンチェックスカートや襟がセーラーになったブラウスを、私はかなりのお手頃で出品している。もし単に Jane Marple というブランドを崇拝しているだけならばその信仰は間違っている……。どのメゾンのものであれ可愛いものは可愛い。若輩《じゃくはい》故の頑《かたく》なブランド信仰であるなら棄教すべきだ。

そんな気持ちから「OLIVE des OLIVE は嫌いですか？」ぶさマルコに問うてみたことがあります。するとぶさマルコは、

「可愛いと思います。でもうちの学校は服装が自由で、私、OLIVE des OLIVE のブレザーの制服なもので、なんとなく……」

返してきました。なるほど、学校で OLIVE des OLIVE の制服を着用しているのなら、わざわざフリマアプリで OLIVE des OLIVE のユーズドを買おうとは思わないか。それを知り、私はぶさマルコに OLIVE des OLIVE を購入させようと目論むのを止《よ》すことにしました。「それにオリーブのお店なら、こちらにもありますので」。

「ジェジェさまはオリーブもお好きなのですね？」

「オリーブ歴のほうが長いですよ」

「オリーブの赤いドット柄みたいにハートがちりばめられた3ウェイバッグは持ってます」

「そんなのあったかな？」

「スクールシリーズで、子供用だからジェジェさまはお店でご覧になってないかもです」

　検索してみると、確かにそれらしきものが出てきました。メッセンジャーバッグっぽい外観で両サイドに付いたバックルが下部のアクセントとなっているところが憎たらしい。ドットに見せ掛けたハートの中には偶《たま》にイチゴも混じっているではないか。

ほ、欲しい……。

「オリーブ子供3ウェイ、ツボにきました」

「お譲りしましょうか？」

「お幾《いく》らでしょう？」

「一回も使ってないですが、ジェジェさまですから500円でいいです」

「送料は？」

「コミコミで」

「ブサコさんの儲けがなくなっちゃうよ？」

「ジェジェさまが定形外郵便でも問題ないならこの値段で大丈夫です」

「じゃ、お願いしたいです」

ぶさマルコは自分の出品としてその OLIVE des OLIVE の3ウェイバッグをアップしてくれました。アップ――といえども写真はない。写真の代わりにジェジェさま専用と書いたプレートのみを使う。専用ボックスというこのフリマアプリでの裏技で、こうすれば商品名や商品カテゴリー、価格など必要項目は記載しないとならないけれども、一体どんな状態の商品を出品しているのか一般のユーザーには見当が付けられない。従い、互いに商品が解り合っている者同士でのみ、実質上売買が行える仕組みだ。狡《ずる》いといえば狡い遣《や》り口《くち》なので運営サイドは認めてはいないけれども、使っている私達の間でこの専用ボックスは重宝されている。

ぶさマルコからものを買うだなんて！　気恥ずかしさが胸を過《よ》ぎったけれども、ネットで確かめた3ウェイバッグの可愛さの誘惑に勝てない私なのでした。

専用ボックスで購入した OLIVE des OLIVE のバッグは実際、可愛かったです。でもそれよか可愛かったのは、それが入れられているのが赤地にキキとララ――キキはちゃんちゃんこのようなものを羽織り、三線《さんしん》を持っていて、ララは黄色いガウンのような単衣《ひとえ》姿で花笠《はながさ》を携えている――明らかにご当地サンリオな琉球《りゅうきゅう》バージョンの紙袋だったことです。もしかすると、中身のバッグよかこの紙袋のほうがレア故に高値査定のものなんじゃないか？

郵便にすると匿名での受け渡しはやれなくなります。ですから私の名前と住所をぶさマルコが知ると同時に私もぶさマルコのそれを知ることとなるのですが、ぶさマルコの住所は沖縄県でした。だからして商品を送ってから受け取り連絡があるまで通常より少し時間が何時も掛かっていたのか。

Jane Marpleは福岡にはあったと思うけど、流石《さすが》に沖縄にはないよね。

行ったことはないですが、沖縄で別珍のスカートを穿くのは冬でも暑そうだ。

嗚呼、沖縄在住だから、出品の中に唐突にシーサーの置物が混じっていたのかい？

春夏でも基本的にロリータは重装備だから、いろいろ苦労があるだろうな。

Jane Marpleを語り合える友達なんてないだろうな。

新品のバッグと共に、ぶさマルコは私宛の長い手紙を同封してくれていました。お姉さまへ——で始まる気持ちの悪い手紙。今日もお姉さまから頂いた牛乳石鹼で、ブサコのお肌はつるつるりんです！——で終わるレポート用紙を便箋代わりにした手紙。

私は最近、本格的にクローゼットのJane Marpleを整理しています。春夏もの、秋冬もの、シーズンの古いものから順に薄葉紙を使い包みながら、段ボールに詰める作業をしている。

「どうもここ半年くらい、石鹼の減りが早い気がするのよね。気のせいかしら……」

と首を傾げるママに、既に私は伝えてあります。その時が来たならば、渡した沖縄の住所に元払いでこの段ボールの束を全部、送ってねと。

ごめんね、ぶさマルコ——。

私、そう遠くないうちにいなくなるんだ。

脇《わき》に小さいしこりのようなものが前々からあって、大して気にはしていなかったのだけど、ある日、急に熱が出て、脇が締められないくらいに痛くなって、病院に行ってみたらそれが悪性のリンパ腫だっていうことが解って、手術と透析で治療やれたのだけど、今度は心臓や横隔膜の辺りに転移しちゃったらしく……。HDACとかPNPを使ったり、お医者さんにはいろいろ試みて貰ってはいるんだけど、どうも治そうとする力より身体中のリンパ球が癌化《がんか》しようとする力のほうが強いみたいなんだよね。進行具合から推察すると半年生きられるかどうかってことらしい。

彼氏がいる訳でもなし、特にやり残したことがあるのでもなし、人は誰しも死ぬんだから案外と私自身はそれを平常心で受け止めています。気になることがあるとすれば、死後残される膨大なクローゼットの中のJane Marpleのお洋服の行く末なのだよね。だから、もう住所も本名も解っている訳だから、ぶさマルコ——貴方《あなた》に私のJane Marpleを全て送り付けて貰うことに決めました。

ママ達だってこんな沢山のお洋服をどう処分していいのか解らないだろうし、間違ってどんなお洋服でも箱に詰めて送り付けちゃえば引き取ってくれる業者に託されちゃ悲しいし。靴のサイズも同じだし、身長も1㎝しか違わないのだから、気にいらないものもあるかもしれないけど、ぶさマルコなら全部、着られるよ。これはいらないなぁというJane Marpleがあれば、ぶさマルコの判断でフリマアプリに出品するなり好きにすればいいと思う。

本当の理由を知らせると、ぶさマルコが吃驚《びっくり》しちゃうだろうから、結婚してオーストラリアに住むことになりました。結婚する相手はロリータが大嫌いな人なのでJane Marpleのお洋服を持っていくことは出来ず、処置に困ってしまったのでブサコにあげます——嘘の手紙を入れておくね。一着くらいは置いておこうかなとも思ったのだけど、棺《ひつぎ》に入れられる時のお洋服、私はOLIVE des OLIVEでいいや。Jane Marpleが燃やされちゃうのは悲しいし、それならば生きている貴方に着て貰いたい。

牛乳石鹼はもう売ってあげられないけど、石鹼は自分で買えるだろうから正規の値段で自力で買いなさい。

今日はそこそこ身体も動かせるから、最終の段ボール詰めをやれました。明日からはまた病院、検査の結果次第でそのまま入院になるかもといわれているので、もう家に戻ることはないかもしれません。

迷ったけれども、最後に私は一番最初にJane Marpleで買ったさくらんぼ柄の水着も箱に入れました。

幾ら洗濯済みとはいえ、同性とはいえ、Jane Marple とはいえ、水着のおさがりは気持ち悪いんじゃないかなと躊躇《ためら》ったのだけれども、ぶさマルコだし、気にしないだろう。かつての私が抗《あらが》えなかったように、このパレオ付きの水着の可愛さに、ブサコ、貴方は——取り憑《つ》かれてしまうでしょうよ。

ガムテープで封をして、私はゆっくりと眼を瞑《つぶ》ります。

顔すら知らぬぶさマルコ、ちょこっと間抜けな私の可愛い妹が、私が初めて出逢《であ》った Jane Marple のさくらんぼ柄の水着を着て、沖縄のビーチで手を振っている姿が浮かんできました。

やっぱり私の辞世の句はこれです。

Jane Marple forever——!

この世界は、煌《きら》めきに満ちていたよ。

こんにちはアルルカン

お婆《ばあ》さんになるのも悪くはない。

カヲル——貴方《あなた》の予言した通りかもしれません。だって私はこうしてそこそこ健康で六〇歳を迎えたのですから。

二十歳《はたち》を超える辺り、少なくとも二〇代の前半にこの世を去るだろう、別段、病弱な訳でも厭世的《えんせいてき》な訳でもないのだけれど……と告白した時、貴方は、一笑に付しました。

高校生活の中で特に親しい友人を持たなかった私にとって、図書委員を二年、三年と一緒に続けた貴方は、唯一といっていい仲間でした。ですからつい、自分は早逝《そうせい》であるが決定している——人にいうと訝《いぶか》しがられるから、口にすることがなかった未来予想を、何気なく教えてしまったのです。

「馬鹿ねぇ、人はそう簡単に死なないものなのよ。私と同様、ミカヅキも文学に気触《かぶ》れ過ぎだわ。ごく普通に年月は流れ、うっかりと歳《とし》を取り、気付けばお婆さんになっているわよ」

うん、カヲルがいったよう、私の人生は、何の波瀾万丈《はらんばんじょう》もないまま、気付けば六〇周年を迎えていた。老眼や白髪、肌艶の衰えは当然あるけれども、軟骨が擦り減り歩くと膝が痛いということもまだなく、夜中にトイレに立つ回数が増えたようなことも経験してはいないですが、鏡を観《み》ると、嗚呼《ああ》、お婆さんだよなと思う。

貴方と一緒に『図書館便り』という名の同人誌を図書委員会として制作することになり、創刊号を手に二人で撮った写真を観ると、貴方の隣で緊張の面持ち、レンズを睨《にら》む太い三つ編みの少女に、誰よ、あんた——とツッコんでしまいそうになる。それは十七歳の私に相違ないのだけれども、今の私と共通するのは三つ編みの女子ということくらい。

カヲル——あの頃から貴方は私の太い三つ編みをダサいと揶揄《からか》っていたけれども、私は束を多めに取り編み目を極力少なくするダサい三つ編みが今も好きで、この歳になってもしています。

今日の午前、会社で行われた形ばかりの私の定年退職式にも、やはり三つ編みをして行きました。そういえば、三つ編みに拘泥《こうでい》する私に、カヲルは、

「ミカヅキってお婆さんになっても三つ編みのままなのかな。考えると恐《こわ》いよ」

冗談口を叩《たた》いたことがありましたね。でもね、カヲル——この歳になって解《わか》ったことは三つ編みって、お婆さんでも違和感ないんだよ。というかあの頃の私よか、今の老いた私の方が、三つ編みは似合っている気がします。会社の若い人達は、私のことをミカヅキさん——ではなくミツアミさんと呼ぶ。多少、馬鹿にされているのかもしれないけど親しみを込めた渾名《あだな》だと私自身は理解しているし、嫌ではありません。

高校を卒業しカヲルと別れ、私は大学に進み、地元、京都にある今の薫香類の製造

販売をする小さな会社の面接を受け、合格、就職をしました。薫香に興味があったのではないけれど、大学を出たからには就職をした方がいいので適当に決めた。正社員ではなかったのですが、周囲に咎《とが》める人はありませんでした。数年働いたら結婚して辞める、腰掛け就職だと皆、勝手に思っていてくれたから。まさか、そういう相手はいない。いたとて結婚願望などなく、後、数年で自分は死ぬからです——と誤謬《ごびゅう》を糺《ただ》すのも変なので、その憶測を出してこられたなら「えへへへへ」、笑って誤魔化しておりました。責任あるポジションに就《つ》けてしまうような会社に入り、いざプロジェクトリーダーなぞ任された途端、死んだなら会社は困るだろうという配慮もあったので、正社員を募集していない処《ところ》の方が望ましかった。

けれども、社員が少ないせいもあり、私は三年目くらいからそこそこ重要な任務を任されるようになりました。

当時は日本の伝統的なお香なんてシニア層のニーズしかない。業績が伸び悩み、社長さんはその頃、エスニックの雑貨屋さんなどで人気だったインドのお香の香《か》をブレンドした新商品を開発するを決意したのですが、実際、どういうものを作っていいのか解らない。でもって、ずっと庶務の仕事をしていたのですが、まだ年が浅い女性なら若い人の感性が解るだろうと、私が新商品の開発に関わらされることに。そして職人さん達と試行錯誤して作ったNAGOMIシリーズというのが結構、ヒットしたのです。インド香の胃凭《いもた》れするような濃厚さを取り入れるのではなく元来、この会社で作ってきた和の薫香のそれから抹香臭さを減らせて焚《た》いているのに仄《ほの》かに匂うのみ、香水でいえばオードトワレをコロンに稀釈《きしゃく》したようなライトなものにするという私の提案が、結果として受けたようでした。そこから私は、優秀な人材と認められてしまい、正社員に昇格させられ、開発部という部署を与えられ、主任に。NAGOMIシリーズは現在でも売れ続け、ラインナップが増える一方です。

ですので、定年退職を迎えたのですが、形ばかりで、そのまま私はこの会社に居残るを余儀なくされています。社の規定で六〇歳で退職しなければならないので一応、退職扱いになり、その後は契約社員として同じ仕事を続けます。

名目上の退職なので、午前に行われた定年退職式はおざなり、約五分で終了、誰も真面目に私の退職を労《ねぎら》ってはくれませんでした。当然、寄せ書きや送別会なんてない。だけど退職した人が、午後から昨日と何の変わりもなく働くというのも妙な気がしたので、私は午後から早退、約一週間のお休みを貰《もら》うことにしました。

ながら、余暇の計画はないのです。どうしようかなと思い、久々、京阪電車に乗って大阪に出向くことにしました。

カヲル――貴方は中学まで大阪の船場《せんば》に住んでいたそうだから、京都よか大阪の方が性に合うと、よく休みの日は大阪に一人で出向いていましたね。

確かに貴方は京都育ちの私とは異なり、大阪商人の血を受け継ぐ商魂逞《たくま》しい人でした。

私は何らかのクラブか委員会に所属しなければならないのなら本を読んで過ごせるのがいいと、図書委員になっただけでしたが、貴方は将来、作家になる為《ため》の一環として図書委員に名乗りをあげた人でしたし。同人誌作りを持ち掛けてきた時も、費用をちゃっかり、図書委員の予算として計上するつもりだった。

「同人誌？　立ち上げて何をするんですか？」

と驚く私に、貴方は憤然《ふんぜん》の様子でいいました。

「小説を発表するに決まっているじゃない。もっと生徒に図書室を活用して貰う為の企画と掛け合えば、印刷の費用くらいは学校から出ると思うの。他の委員は、貸し出し係として週一、顔を出す程度のやる気のない方々だし、私とミカヅキさんがやるというなら、もう二人の専制雑誌よ。費用の足りない分は私が負担します。うち、そこにお金持ちだから気にしなくていいわよ」

私は読むのが専門で、書きたいと思ったことなぞないというと、貴方は立腹しました。

「ミカヅキなんてペンネームみたいな本名の癖して、創作に興味ないなんて横着もいいところよ！」

カヲル――貴方はどうしているだろうと、連絡が途絶えて四〇年以上経《た》つのに、今でも半年に一度くらいは想《おも》い出します。

　文芸誌の新人賞の発表ニュースなどが眼《め》に留まると、カヲルが獲《と》ったかもと、つい、名前と経歴を確かめてしまう。貴方は山岸《やまぎし》カヲルという本名の他、龍唐院《りゅうとういん》カエデ、薩《さつ》摩咲奈々《まざきなな》、島田島蔵《しまだしまぞう》、鼻水鬼《はなみずき》……多くのペンネームを捏《でっ》ち上《あ》げ、作風を変え、一般生徒からの投稿と嘘《うそ》を吐《つ》き、同人誌に短編や詩を発表していきましたよね。でもたかが高校生がやること、あの当時は思い至らなかったけれども、今、読めば、これらの作者が同一だと誰でも察するが可能でしょう。あの頃のまま、私は山科《やましな》の古い家屋で実家暮らしだし、探せばあるのかもしれないですが、もうその同人誌を何処《どこ》にやってしまったかは不明なれども……。

　だってどの作品でも、カッコいい男性は大抵が極度の近眼設定、誰か一人は己が孤児の秘密を抱え、隙あらば――〝瀟洒《しょうしゃ》な飾り罫《けい》の蒼《あお》い便箋に認《したた》められた少し右上がりな流暢《りゅうちょう》な筆跡の手紙〟――が届くのですから。そういえば森蹴鞠《もりけまり》というペンネームで書いた平安京を舞台にした歴史ものにも――〝瀟洒な飾り罫の蒼い便箋に認められた少し右上がりな流暢な筆跡の手紙〟――が登場したなぁ。私が載せる前の原稿を読んで、

「何で平安時代に便箋があるのよ」

と指摘したなら、貴方は渋々――〝瀟洒な蒼く染められし紙に認められた少し右上がりな流暢な筆跡の立文《たてぶみ》〟――に変更しました。

一応、同人誌（悲しい哉《かな》、委員会の予算を当てにしたもので雑誌名は『図書館便り』でした）のメンバーである私は、版下作成や編集を手伝うことになり、入稿前になると時間が足りず、貴方の家で泊まり込みの作業をすることもしました。だからつい、自分は二〇代の前半で死ぬ筈《はず》――というのも話してしまった。今も昔も私のその予定を聴かされたのは、貴方一人です。貴方がそれを文学気触れの戯言《たわごと》とあっさり断定した後、私は一応、少し食い下がりました。

「確かに私が好む近代の文学の作家は、自死、病気に拘《かかわ》らず若死《わかじに》の人が多いと思う。でも関係なし、芥川龍之介《あくたがわりゅうのすけ》も樋口一葉《ひぐちいちよう》も知らなく、まだ『赤毛のアン』を読んでいた小学校三年生の時、漠然と、自分は二十歳くらいまでしか生きない。長生きしても二〇代前半までだろうと思ったの。カヲルのように私は作家志望じゃないのだし、若死に憧れるとかではなくてね。それ以上先の自分が想像やれないのよ。記憶って三歳くらいまでしか遡《さかのぼ》れないっていうじゃない？　その反対に未来の記憶みたいなものがあるとしてね、幾ら先に進もうとしても三〇代の私は観えないのよ。せいぜいが二〇代前半。別に若く美しい間に永遠の存在になりたい――というナルシスティックな気持ちからでもないの」

「恋人とか作らないの？　ミカヅキは奥手だから今は無理だろうけどさ、そのうち否《いや》が応《おう》でも出逢《であ》っちゃうわよ、極度に近視だけども素敵な運命の人に。そうしたら当然、この人と結婚したらとか妄想するようになり、結婚かぁ、共働きの今の状況じゃ、すぐにという訳にも行かず、でも子供を産むんだったら三〇歳までにはしておきたい。それくらいで住宅ローンを組んでおかないと、還暦に至るまでに払い終えないと、自然と、今は想像やれないミドル層の自分の姿が思い描ける筈よ」

「それならそれでいいんだけど……」

　強情に反論する必要もないので、貴方の意見に納得したような形で会話が終了したと記憶するのですが、しかし自分の中にある遠からず死ぬんだろうなぁという確信は揺らぎませんでした。私にとって死は、恐いものではなかったからです。それを想う時、私は安心しました。逆に無理矢理に三〇歳、四〇歳……と生き延びる想像を巡らせてみると、途方もなく不安な心持ちになりました。

　そう、一度だけ、『図書館便り』に私はエッセイのようなものを載せたことがある。入稿ギリギリに貴方が大家《たいか》のような有様で深刻に「書けない。まるで書けない。後、数枚がどうしたって書けないのよ」と嘆き、このままでは台割の二頁《ページ》が空白になってしまう、何でもいいから貴方が書いて載せて頂戴《ちょうだい》――、いうので、仕方なく、ノートに乱雑に記していた文章を適当に纏《まと》めて、散文詩のようにして綴《つづ》りました。もし自分の十年先、二〇年先を見据えろとおっしゃるならば、それは私にとって刑期のようなものです。どの世界に一日でも早く出たいと願えども居残り時間の長さに希望を抱《いだ》く囚人がいるでしょう――というような内容でした。

『図書館便り』という名の同人誌なぞ、誰もちゃんと読まないし、発表の恥ずかしさはありませんでした。名前も放課後《ほうかご》の清掃人《そうじにん》――というしょーもないペンネームにしておいたし……。

　でも貴方は後になってやけにその文章を誉《ほ》めましたよね。

「人生は刑期であり懲役――。眼から鱗《うろこ》だわ、新しい発想だわ」

興奮醒《さ》めやらず、貴方はいいました。

「ね、貴方には作家になる野心がないんだから、このモチーフ、私に頂戴よ」

「別にいいけど」

「本当？　じゃ、貰ったわよ。つまりもうどういう状況、心境の変化が訪れようと、ミガヅキは誰かに、人生は刑期であり懲役――これを語ってはならないのよ。私のオリジナルなんだから。もし何処かで貴方が用いたのを見付けたら、盗作だと訴えるから」

　京阪電車の特急で淀屋橋《よどやばし》、そこから地下鉄の御堂筋線《みどうすじ》に乗り換えて難波《なんば》で降ります。

最後にこの辺りに来たのは何時《いつ》だったたっけ？　迷路のようになった地下街、どちらが東か西か、地図を観ても理解がやれない。この地下街ってなんばウォークっていう名前だっけ？　昔は虹のまちだったじゃん。それでもって虹が掛かる小さな噴水があったじゃん。あの噴水もうないのかな？　うー、こういうことを知っているのが既にシニアの証《あかし》。ヤバいなぁ——と、ひとまず、どの出口でもいいので地上に出た方が方向感覚が摑《つか》めると思ったので、階段を上がります。

この大きい通りは多分、上に高速道路も走っているので、千日前通りで間違いはないと思う。用事もなく大阪に来ることは滅多にない。私はカヲル——貴方と異なり、大阪が昔から苦手でした。だって街並みが五月蠅《うるさ》いし、フランクといえば聴こえはいいけど人々が粗雑なのですもの。

ほら、今、眼の前を通り過ぎた人——、自転車をかなりのスピードで漕《こ》ぎつつ、ハンドルから片手を離しておにぎりを食べていた。自転車に乗りながら何故《なぜ》にご飯を食べる？　百歩譲って移動時間にしか食事が出来ないくらいに忙しかったとしても、せめて菓子パンでしょう。おにぎりは食べちゃ駄目ですよ。京都は昔から電車よかバスの路線が発達しているけど、その経路把握が煩雑《はんざつ》極まりない。拠《よ》って自転車を利用する人が多いのだけれども、でも京都の人は絶対に、自転車を漕ぎながらご飯なんて食べない。ましてやおにぎりなど！

おにぎりを食べながら自転車に乗る人——に、不意を突かれましたが気を取り直し、私は自分の足元を観ます。

定年退職式には、二〇代の時から着ている大西厚樹さんのATSUKI ONISHI――の黒のセットアップのスーツで臨みました。

肩に少しパッドが入っていてデザインとしてはかなりレトロなのでしょうが、少しフォーマルな装いをしたい時、今でも私はこれを着用します。丸味を帯びた襟《えり》が適度に可愛《かわい》くて、前の二つ釦《ボタン》が大振り、玩具《おもちゃ》っぽいアクセントになっているジャケット。袖丈も着丈も短め、なれど、裾《すそ》がふわりと広がっている。スカートはミモレ丈。大きめのタックが入った台形型。

これにはどんなブラウスでも合うのですが、袖丈の短さを活《い》かしてわざと袖口にレースなどがあしらわれたものにして、ブラウス袖のディテールを観せるコーディネイトが私は好き。今日は、agnès b.の前身頃（カヲル――最初、このフランスのメゾンをアニエス・ベーと読むと知らず、私がアゲイン・ビーだと思っていて、貴方に爆笑されたのを想い出すと、今でも顔が赫《あか》くなるわ！）に、結婚式の新郎さんが着ける襞《ひだ》飾りのようなものがプリーツ状になってさりげなく付いているダブルカフスのドレスシャツにしています。メンズだったのですが、襟が丸くて、女性の方のほうが多く買っていかれますよと店員さんがいうので、そりゃ、こんな可愛い癖に気取ったシャツ、堂々と着こなせる男性なんて稀《まれ》だろうと、購入を決めました。

カヲルは作家志望だけあって、あの頃から服装も一寸《ちょっと》、私や他の人よりませた感覚を持っていましたよね。夏でも制服のスカートの下にパンストを履いていたし……。私は大人になってもパンストが苦手で滅多に履きません。貴方には子供っぽいと笑われましたが、アンクレットとクルーソックスとの中間くらいの短めの靴下が今でも一番、しっくりきます。冬の寒い時期でも締め付ける感覚が嫌だからパンストは嫌い。防寒対策の為ならタイツがいいです。だから今日も白のシンプルなソックスです。そして靴は、黒いウィングチップです。

この靴は……。私にとって特別でね、ここぞという時にしか履かないの。爪先に小穴とピンキングの装飾が付いたW型の切り返しのあるトラディショナルな、ヒールの高さもない一見、何処にでもありそうな靴なのですが、就職して二年目か三年目くらいだったように思います、私はこの靴に一目惚《ひとめぼ》れをしました。

カヲルは高校の頃から、新京極のダイヤモンドビルやヨッチャンビルに行って、MILK だとか VIVA YOU だとかを纏《まと》っていましたが、私はそういう派手な——今でいうロリータ系のものは恥ずかしくて買えませんでした。買おうとしても高くて買えなかったのだけど……。背伸びして手を出しても、当時 agnès b. 路線を踏襲している感があった NICE CLAUP をバーゲンで手に入れるがせいぜい。嗚呼、そういえば、カヲル、貴方は私がそうやって高校二年の冬、お年玉で初めて買った NICE CLAUP

の黒のタートルネックのセーターを観て、

「どうせなら agnès b. で買えばいいのに」

といいましたよね。私、憶《おぼ》えてるもの。そりゃ、予算があるならば私だって agnès b. で買いたかったわよ！ でもあの頃、バイトもしていない普通の家庭に育った高校生の私にとってアゲイン・ビー……もとい、アニエス・ベーなんて、夢の彼方《かなた》のメゾンだったのよ！ 貴方も私も『Olive』の愛読者だったけど、私はそのお洋服が誌面で当たり前のように紹介されていることに若干《じゃっかん》、腹を立てていました。高校生じゃ、買えないものを何故に堂々と価格込みで掲載するのか！ 従い、貴方の発言を今でも根に持っています。貴方のようにお洋服にスゴく拘《こだわ》る方ではなく、『Olive』も実用的なファッション誌というより、大森伃佑子《おおもりようこ》さんのファンタスティックなスタイリングに魅《み》せられて読んでいたようなものだから、そこに登場するお洋服を当然のように買って着る貴方に嫉妬のようなものは感じませんでしたが、あの発言だけは今でも頭にきます。貴方のこと、死ねばいいと思ったのはあの時が最初で最後。

だから、大学生になった初の夏休み時、積年《せきねん》の恨みを晴らすかのように、私は agnès b. でロゴ入りの白いTシャツを買ったわよ。結果、私の初めてのインポートブランド体験は agnès b. なのよ。ブルジョア階級の貴方には解らない心情でしょうがね！

この黒い靴には、難波のファッションビルで出会《でくわ》したのでした。何故に嫌いな大阪にわざわざ出向いたのか憶えていませんが、恐らく、拠《よんどころ》ない事情があって、出向くことになったのでしょう。プランタンなんば――貴方もよくここでお買い物をするといっていたし。

COUP DE PIED――。と、いうメゾンのもの。全く知らないメゾンでしたが、それをクードゥピエと読むであろうことは解りました。足首の上に……というバレエ用語にそんなのがあった筈なので――。

何階に入っていたのかまでは記憶にないけれど、田園詩の隣だった気がします。貴方がよく着ていたメゾンが沢山、集結したフロアで、当時はＤＣブランド花盛り、高校生の頃なら自分の懐《ふところ》を見透かされているようでそのようなお店に足を踏み入れるのは憚《はばか》られたのですが、もう社会人だし、買おうと思えば買えるという自信がウロチョロさせる起爆剤となった。フロアマップを観ると、大好きなATSUKI ONISHIも入っていたし。あ、多分、その時の私はagnès b. のワンピースを着ていた気がする。agnès b. を着ていればCOMME des GARÇONSだって覗《のぞ》けます。それくらいにあの時代のagnès b. はコンサバティブだけど無敵でした。

表に立ったトルソー――やけに高さがあるボーラーハットのような雰囲気の麦藁《むぎわら》帽子（しかし黒い）に、太い縦縞《たてじま》――モッズスーツに金の釦を付け、ナポレオンジャケットのようにしたジャケット、風鈴のよう、見事な半円に膨らんだ膝丈スカートがコーディネイトされ、王冠モチーフのショルダーバッグの中からは薔薇《ばら》の造花が溢《あふ》れ出ていた——は同じフロアに入っている日本のティーン向けブランドよりは COMME des GARÇONS など大人のモード系フロアにある方が似つかわしいエレガントさを醸し出しているのだけど、造形のディテールがゴシック過ぎて、着たいというより鑑賞していたい誘惑を強くさせました。デザイナーの描いたデザイン画をそのまま再現しているのでは？　という重力や力学を無視してしまったかのような不思議な形状のお洋服ばかしなのですが、最高峰のプリマに美しい完璧なアラベスクを観せ付けられる時のような感動が私の胸を貫きました。

　私は魅了されつつ、でも、流石《さすが》に着る勇気はないなぁ、もう社会人だし……お店に入るのを躊躇《ためら》いました。でも、トルソーの下、薔薇の花弁が撒《ま》き散らかされた床にちょこんと置かれた一足の靴に身動きが取れなくなってしまったのです。

　それが、今、履いている靴——。黒いウィングチップのトラッドなデザインですが、先端部分がもこっと丸味を帯びて膨らんでいる。これを通称、おでこ靴というのは知っていたし、カヲル——貴方が履いていたから可愛いなと昔から思ってはいたのだけど、派手に膨らんでいるではなく、若干の曲線に抑えられている。トルソーに着せられたお洋服に比べればシンプルで汎用性が高い実用的な靴だといえる。メンズライクだけど女子が履く用の計算が見事に整えられているし……。

否、否、否！　私がこの靴を好きになってしまったのをそんな理由で片付けてはならない。

正直に答えよ、ミカヅキ——！

私はこの靴のシューレースが蠟引《ろうび》きの丸紐《ひも》でもスニーカーなどによくある平紐でもなく、蒼いサテンのリボンであったことに意表を突かれ、息を止められてしまったのだ！

私は女子なので可愛いものが好きです。当時のカヲルのように可愛いとは解っていても激しいデザインのものを身に纏うには抵抗を感じ、そこそこの可愛さで満足する平凡な女子です。そして還暦、六〇歳を迎えたお婆さんです。だけど、道端に花が咲いているとつい手折《たお》って、それを耳の脇に挿し、髪飾りにしたくなる衝動は未《いま》だ、衰えない。

女子とは何か——？　訊《たず》ねられたなら、野に咲く花を観ると髪飾りにしたくなる人種——と、私は返す。昨今、社会問題になる、心は女性なのに男性の身体《からだ》に生まれ付いた人、又はその逆などの多様な性をどう扱うかに就いて特に関心は持ちませんが、線引きをしなければならないのなら、花を髪飾りにしたい人は女子、そうでない人はそれ以外としてしまっていいとさえ思います。野に咲く花を髪飾りにしたい人は、悉《ことごと》く、リボンが好きな筈。ユザワヤでも百円ショップのダイソーでも、リボンテープが売っているとひとまず、手に取ります。何に使うか不明、手芸の腕も趣味もないのに、どの色のどの幅がいいかを吟味してしまいます。

シューレースをリボンで代用するだなんて！　ねえ、カヲル、貴方ならこの時の私の興奮を少しは理解してくれますよね。貴方と私は図書委員で同じ同人誌のメンバーだったけれども、読むものはまるで異なっていた。私は日本の近代文学にしか興味がない。一方、カヲル、貴方は少女小説、コバルト文庫が専門でしたね。貴方が目指していたのもコバルト文庫の作家。私達は読書というもので絡《つな》がっていたけれども、そういう訳で棲《す》み分けをきちんと保っていました。どちらの嗜好《しこう》を貶《けな》すでもない代わり、押し付けたりもしないのが私と貴方の仲を健全なものにしていました。そうよ、貴方は作家志望だというのに芥川の『羅生門』すらちゃんと読んでいなかったもの。教科書に出てくるのに「確か、追い剝ぎの話よねぇ」、曖昧にしか憶えていなかった。それなのに、

「絶対にこれだけは読んで欲しい。短いからすぐ読める」

貴方が強引に勧めてきた作品が一つだけありました。

氷室冴子《ひむろさえこ》の『さようならアルルカン』――。

理由を貴方は教えなかったけれど、貴方の思い詰めた瞳に凝視され、私はそのデビ

ュー作、コバルト文庫に収録された作品を読むを承諾しました。あの頃、コバルト文庫は隆盛《りゅうせい》の極み、女子で本が好きだというとコバルト文庫の読者に決まっていたし、氷室冴子はその代表作家、女子高生を営んでいれば否でも応でも氷室冴子の評判を耳にしたけれども、私は一冊も読んでいなかった。貴方が注文するので図書室にはいち早く新刊のコバルト文庫が入荷するようになっていて、利用する人は余りないものののコバルト文庫だけはかなり頻繁に貸し出しがなされていました。中でも人気は氷室冴子。余りに予約が多いので『クララ白書』なんて同じものを三冊入れていた。その熱狂振りが、私をコバルト文庫、食わず嫌いにさせていたのだと思う。貴方が氷室冴子の信者であるは承知していましたが、絶対に読んでやるものか、つまらないに決まっている、開いただけで解る、改行し過ぎ、ひらがな多過ぎ、砕け過ぎの口語調……。それに比べ芥川の文章の何と整然とした美しさよと、頑《かたく》なに自らの読書履歴に加えるを拒んでいたのでした。でも、『さようならアルルカン』は貴方に読めといわれなければ今も未読だったろうから、感謝しています。

あれは試金石《しきんせき》みたいなものだよね。多分、カヲル——貴方はあの作品を私と共有したいのではなくて、『さようならアルルカン』で私と貴方の間にあるものの証《あかし》を立てたかったのだと思う。それは友情だとか連帯感のようなものとは違い、恐らく、自分が手折った花を相手の耳の脇に当然のように挿すのと同じ感覚だったのでしょう。私がこの花を髪飾りにしたいのと同様、貴方も髪飾りにしたいに決まっている——という暗黙の理解がそれを無言でさせる。だから、私は『さようならアルルカン』を読んだ後の衝撃を貴方に一言も伝えませんでした。貴方も読んだかどうか訊《き》いてはこなかった。貴方は必ず私がこの作品に打ちのめされるのが解っていた。感想なんていえない次元の特殊な作品であるのを心得ていたから、返却も求めなかった。まあ、読んでしまえば返すつもりなんて全く起きなかったのですが……。もし行儀よく返したなら、逆にカヲル、貴方は嫌な気持ちになったでしょうね。私は一応、確かめたよ、あの文庫が初版でないことを。貴方なら刊行時、一番に買った筈だし、初版を所有している筈。私に読ませる為にもう一冊、買ったんでしょ。

全くブルジョアの娘というのは贅沢《ぜいたく》が身に付いている。私なんてあの頃、読みたい文庫を新刊で買うのすらお財布と相談、所有しなくていいものは図書委員の予算で図書室に入れていたし、所有したいものは常に古本屋も視野に入れ賄《まかな》っていたというのに。

千日前通りにいて、左に観える商店街が千日前商店街なのだから、その右、今、見上げている白いビルが、COUP DE PIED が入っていたプランタンなんばのあったビルなのだよね、多分……と私は、八階くらいありそうな無機質だけど商社などではなさそうな外観のビルに向かい、独りごつように呟《つぶや》きます。プランタンなんばが閉鎖されることになったと新聞かテレビのニュースで知ったのは、二〇〇〇年くらいだったような気がします。大阪のファッションビルだし、結局、それ以来、一度も行かなかったから特に残念ではありませんでしたが、かつての華やかなファッションビルが、現在はビックカメラであるという事実を確認すると、少し眩暈《めまい》を起こしそうになりました。少しはセンチメンタルに浸れるかと期待したのでしたが、ビックカメラではそれが全く赦《ゆる》されはしないではないか。

私は気を取り直し、千日前通りを北に渡り、心斎橋の方へと足を向けます。心斎橋の西側には今もアメリカ村というヤングのお店が立ち並び、ヤングが集う場所がある。ここからどれくらい歩いてどの辺りなのかは、大阪に疎い私ですが心得ています。

古着屋さん、アメカジ系のお店が多いのだけれども、ロリータなメゾンの路面店や直営店が集結しているのを、この六〇歳のお婆ちゃんは何となく知っているのだぞ、何故《なぜ》ならＳＮＳで年齢を伏せ、乙女の近代文学愛好協會——というサークルに参加しているから。ハンドルネームしか解らぬ人達との遣《や》り取《と》りですが、十代から二〇代前半の女子がメインであることは、言葉遣いや文学以外の話題から容易に察するがやれます。ゲームやアニメの話題になるとまるで未知の領域なので会話に参加するはやれませんが、近代文学のあれが好き、これが好きという近代文学愛好協會の趣旨に沿ったものに関しては、年の功、一番詳しいので、結構、私は重宝がられている様子です。

近代文学愛好協會での私は、一番好きな作家を芥川龍之介ということにしている。お婆さんになるのも悪くはない——と、最初に私がいったのはね、この歳になるとどんなお洋服屋さんにもかなり強気で入っていけるからなの。自分では着られないけど、可愛いものは好きだから、大人になってからもロリータのお洋服を私は雑誌でよく観ていた。もうダイヤモンドビルは一階がドラッグストア、地下はダイソーというプランタンなんばがビックカメラになったのと同じようなものになってしまっているし、ヨッチャンビルは消滅してしまいました。若い人のお洋服を扱うファッションビルといえば河原町の OPA くらい。

OPA はギャル系もロリータ系も何でもありで節操がないけれども、やっぱり歳のせいかしら？　ネットでお洋服を買うのに抵抗感のある私は、自分の眼で現物を観て選びたいからよくこのビルを覗くの。数年前までは、こんなオールドミスがお店に入ると場違い、雰囲気を壊して店員さんも嫌だろうなと躊躇いの方が勝ってたのだけど、或《あ》る時から、堂々と品定め出来るようになりました。

オバさんパワーで図々《ずうずう》しくなった訳じゃないですよ、失礼な！　名前は出さないけど一寸、ギャルテイストのメゾンが OPA に入っていてね。そこのメゾンはワンピースが一万円くらいで買えて、ふわふわした可愛いアイテムが多いけど、そこそこにコンサバティブだし、私が着ても問題ないアイテムも多いから偶《たま》に覗いていたの。そして、一着のブラウスを前にして、これは透け感あり過ぎ？　会社に着て行ったなら「ミツアミさん、何か悩み事、あるんですか？」、心配されちゃう可能性があるかなと考え倦《あぐ》ねていたら、

「そのハーフ袖、人気なんですよ。東京では売り切れて、うちでも色違いの白が一着残っているのみなんです」

と、店員さんが声を掛けてくれたの。だから頷《うなず》いて、

「でも少し派手だわよね」

応《こた》えたなら、こう返されたのです。

「お嬢さんはお幾つくらいですか？」

つまり、カヲル――。私、娘の服を選びに来たと勘違いされたのですよ。

一寸、ショックだったので、私は狼狽《うろた》えた様子をみせたのだと思います。暫《しばら》くして店員さんも、「あわわわわ……」となり、こう訂正してきました。

「お孫さんでしたか？　すみません。だってお若く観えるから」

ここまで無邪気に間違われると、乗っかるしかないではないですか。私は、

「ええ。まだ中三だし、一寸、大人っぽ過ぎるかなとも思っちゃうのよね。普段は家でも学校のジャージを着てるようなコなのよ。服を買ってあげるといってもそれなら

ゲームを買ってよというし。バアバとしては心配でね。余計なお節介だと嫌な顔されそうだけど」

嘘八百を並べ、結局、そのブラウスを買うことにし、プレゼント包装にして貰いました。

「素敵なお婆様ですね。お孫さんが羨ましいです」

agnès b. なんかは若くても歳を取っていても着られるし、大学一年の夏に買って以来、お店をコンスタントに訪れるから、娘、或《あ》るいは孫の為に選びにきたと思われてしまうという事態を、この時まで私はまるで想定しませんでした。うちの会社には同年代の人といえば男性の職人さんしかいないから、この歳であのメゾンのものはキツいみたいな会話もやれず、ここまで過ごしてきてしまった。

以来、そうか、若い人のお店だからと入るのを気後れしてしまう場合、孫へのプレゼントを探しに来た優しいお婆ちゃんを演じればいい——と、私は狡猾《こうかつ》になったのです。一生、入れないと思っていた王道のロリータ系メゾンにもズカズカ入り、ウサギの振りをしたクマというコンセプトのうさくみゃリュックなる、絶対にこの歳で持っていたらヤバいものすら購入したりして。axes femme なんかは「エー・エックス？　へえ、アクシーズ・ファム……というの？」なんて空惚《そらとぼ》けつつ、安いから爆買いです。鍵のモチーフが付いたショルダーバッグとか、周囲がフリルで囲まれたキャンバスバッグなら、私が持っていたってさほど変じゃないもの。バレたとて、嗚呼、あの人は知らずに買っちゃったんだなと思って頂ける。

カヲル――、お婆さんになるのも悪くはないというのはこういうことなのです。三〇代、四〇代、五〇代――まだお婆さんと認知されない年齢ではこの愉《たの》しみは得られなかったよ。だから近代文学愛好協會での会話でも、アニメやゲームは無理でも、お洋服の話題には付いていけるのです。メンバーはお洋服に疎い人と詳しい人、パッキリと分かれていて、私はオシャレな人として認知して貰っているみたいです。ふふふ、でも実はお婆さんなのだよー。

アメリカ村の中心に位置する三角公園まで辿《たど》り着き、ゴミゴミとした雰囲気の中を、人にぶつからないよう心掛けながらゆっくりと周囲のお店を観察しつつ、歩きます。うさくみゃリュックを売る王道ロリータ系メゾンの路面店を見付けられたら入ろうと思っていたのですが、何処にあるのかよく解りません。三角公園を南に降りてすぐの白いビルにありますよ――と、近代文学愛好協會のメンバーから聴いていたので、行き着けると思っていたのですが、見当たりません。Google Maps で検索してみても、アメカジを扱っているお店の前に来てしまう。Google Maps は苦手です。だって私、お婆さんなのですもの。

とりあえず北へ進んでみることにしました。長堀通りが観えて来た辺りの左に、煉《れん》瓦《が》の壁の建物がありました。天然石を販売するお店も入る雑居ビル。二階の道路に面した窓の向こうには黒いボンネットに裾、袖が派手に膨らんだレースたっぷりの黒いドレスが着せられたトルソーが二体、並んで立っています。窓硝子《まどガラス》に装飾されたロゴを読み、私は心の中で、

「あ、アトリエピエロだ！」

と、叫びました。

ATELIER PIERROT——それが、ゴシックロリータと称されるメゾンのものを多く扱うセレクトショップだということを、私は知っていました。二〇〇〇年代の初め、ゴスロリブームというのが起こった頃、既に私は現役でそんなお洋服を着れる年齢を超えてしまっていたけれども、それらが特集される雑誌を愛読していたので。しかし、東京のラフォーレ原宿にしかないと思っていました。私は甘い系のロリータに共感、ゴシックロリータは一寸苦手なのですが、好奇心に煽《あお》られてしまった。

窓際のトルソーの出立《いでた》ちが、かつてのCOUP DE PIEDを想い出させたというのもあるし、咄嗟《とっさ》、貴方の顔が鮮明に私の脳裏に現れたからでもある。

氷室冴子の『さようならアルルカン』——。

アルルカンはフランス語で——arlequin——道化師の意味。

氷室冴子の作品には、赤い月の下で糸の切れたマリオネットのように立ち尽くして

いるピエロの絵が登場します。だから作品タイトルも『さようならアルルカン』。どうやら正確には、アルルカンは道化師だけれども狡猾、黒い仮面を付けて舞台に出てくるようなキャラクターを指すらしい。PIERROT——ピエロはそのアルルカンにこき使われる純粋無垢《むく》な道化師だという。でも氷室冴子が『さようならアルルカン』を書いた時代、まだそのような性質の違いを日本で明確に知る人は稀だったでしょうし、少し教養のある人は、アルルカンといえばピカソの、首にジャボを巻き、青と黒の市松模様の衣装を着て憂鬱な横顔をしている絵、つまり私達がステレオタイプに刷り込まれているピエロを想起したでしょうし、氷室冴子がイージーミスを犯したとするのは酷《こく》だと思います。

とにかく私は、ATELIER PIERROTのロゴに必要以上に反応してしまいました。

二階に上がり、そっと扉を開き、何時ものよう、孫にプレゼントするお洋服を探しに若い人達のお店が沢山あるエリアにやってきた、どのお店がどういうコンセプトのお洋服を扱っていて、安いか高いかも皆目解っていないお婆さんとしての挙動を心掛け、中に足を踏み入れました。心の中でこう呟きながら……。

こんにちはアルルカン——。

「いらっしゃいませ」

「観せて頂いていいかしら。あら、可愛らしいわねぇ」

腰から上がコルセットのようになったボルドーのスカート——後ろ部分が前より長く、中央はタッセルで纏めた両開きのカーテンのよう、その下に三段ティアードの膝丈のジャンパースカートに、立ち襟の胸にジャボタイという黒のブラウスを併《あわ》せ、ピンクのヘッドドレスをなされた縦ロールの店員さんの言葉に、わざわざ年寄じみた挨《あい》拶《さつ》をして、私は頭を下げると同時に中の雰囲気を詳細に眺めます。

お店としては小さい間取りながら、四方にハンガーラックが設置され、店員さんが着ておられるような嵩張《かさば》るお洋服がビッシリと並べられている。ひとまず扉の一番近くにあったハンガーラックに掛けられた、店員さんが着ているのと同じような雰囲気のワンピースの前身頃、後ろ身頃を観察し、その横、更にその横へと眼を移したならば、

「それはアデノフォラベロアドレスといいます。ベロア素材なんですよ。この季節にベロアは暑いとお思いになる方もおられますけど、薄手なので真夏でなければそんなに気にならないと思います。ボルドー、ネイビー、ブラックなんですけど、やっぱりブラックとボルドーが人気で今、サイズ2と3は切れちゃってるんですが。スクエアネックがサンドレスっぽくて素敵ですよねー」

と、説明されました。

「そちらは、ATELIER PIERROT——。うちのオリジナルです」

暫くするとお店の雰囲気にも慣れてきました。あら、天井には瀟洒なシャンデリアが吊《つ》るされていて、壁紙は白で百合《ゆり》モチーフの紋章の柄なのね、流石、ロリータ系のセレクトショップと感心してしまいます。かつて雑誌で観たことのある名のメゾンから、全く知らない、新進だと思われるロリータのメゾンまで様々あって目移りしますが、やはり自分で着るには抵抗のあるものばかし。ブラウスを一枚くらいと思っても激し過ぎる姫袖や今日、着ているagnès b.とは比べ物にならないくらい胸元にどっさりのボリューム、まるで名古屋の喫茶店のモーニングの量くらいのフリルが縫い込まれたものが多いもので、無理だなぁと諦めざるを得ません。――とはいえ、これだけの量のゴシックロリータのお洋服を実際に眼にし、手に取るのは初めての経験なので、私のテンションは静かに上がっていました。私の他にお客さんがいないおかげか、店員さんは一つずつ丁寧にお洋服の仕様とそのメゾン名の説明をしてくださるし。

「これだけあると、却《かえ》って迷っちゃうわよね」

「東京店で扱っていないメゾンもあったりしますし、急に入ってきてネットに上げてない商品もあるので、私自身、憶えるのに一苦労です」

でももし一着買うならば……と、一通りを観終えた私は、「うちのオリジナルです」と、説明を受けたアデノフォラベロアドレスのあったハンガーラックへと引き返します。

横は編み上げになっていてこれでウエスト調節をするのですね。パフスリーブというのも得点、高いわよね。ブラックとボルドーは人気なので、サイズの2と3は品切れだといっていた。ということは私が今、手にしているこのブラックはサイズ1――一番小さなサイズということになる。私は昔の人間だし、今の女のコのように体格が良くないから、着るならこのサイズ1で充分な気がする。このお店にある中ではかなりシンプルなドレスだ。といっても、これ、会社には着ていけない。絶対に「ミツアミさん、何か悩み事、あるんですか？」と、心配される。フォーマルなデザインだから結婚式などにはいいかもという案が頭を過《よ》ぎりますが、そういう需要で作られたものでないのは、こうして手に取るとドレスが訴えてくるんだよなぁ。「多少、派手かもしれませんが、ワタシ、普段着です」と、アデノフォラベロアドレスが私に語り掛けてくる。

本当よ、カヲル――。

そのドレスが悩む私にそういったのよ。その言葉の裏には「結婚式まで出番がないくらいなら、買わないで下さいよ。別に貴方に買われなくとも、幾《いく》らだってワタシをお買い上げ下さる方はいるんですから」という不平が隠されているのも痛感したわ。服が話す？　ええ、そうよ。信じて、カヲル――。近代文学の読み過ぎでノイローゼになったんじゃないんだってば！

その時、不意に背後から、両開きのカーテンに三段ティアードのジャンパースカート姿の店員さん――、私が早く結婚して子供を授かっていれば孫でもおかしくはない年齢であるに違いないピンクのヘッドドレスの縦ロールの女のコが、こういったので私は驚いて、眼を大きく見開きながら、振り向いてしまいました。

「あの、宜《よろ》しければご試着下さいね」

最初、混乱してしまい私は、訳の解らない文言を返してしまいました。

「否《いや》、あの……孫には、孫はこんな派手なの着ないような……着るような……。結婚式もジャージで出るコでして……。でも、マゴにも衣装だと思うのは、身贔屓《みびいき》かしらん」

それを聴くと、店員さんは笑いました。

「そのマゴってお孫さんの孫じゃなく、馬子――馬を曳《ひ》く人足さんのことらしいですよ。私も最近、知ったんですけど」

そんなこと教えられなくたって知っているのに、私は何故に口走ってしまったのでしょうか？　少し気不味《きまず》い空気が流れました。それを打ち破ってくれたのは店員さんでした。

「すみません。失礼なこといってしまったみたいです」

「否、そんなことないわ。そう、馬借《ばしゃく》、馬方《うまかた》も着飾れば一端《いっぱし》の者に観えるという喩《たと》えがマゴにも衣装なのよ。貴方が謝ることはないわ。この歳になると、色々と勘違いが多くなっちゃって。何せ六〇のお婆さんだから。大目にみて下さいな」

「そうじゃないんです。失礼なことと申し上げたのは、馬子にも衣装のことではなくて——。ご試着をお勧めしたことなんです。私、てっきり、お客様がそのワンピースをお気に召されたのかなと……。お似合いになるんじゃないかなと思って、つい、普段のように応対してしまいました。お孫さんのものをお選びだったら、とんだご迷惑でしたよね。お孫さんの身長とかサイズとかご存じですか？　そのサイズ1は一番小さいですが、ウエストは最大で86までいけますので肩やバストがキツくなければ問題はないかもしれません」

「私が自分用にこれを選んでいると？　変よ、貴方。だって私は今年で還暦のお婆さんなのに」

私は胸の奥から込み上げてくる震えを隠しつつ、彼女に問いました。すると、彼女は私の靴を指差したのです。

「それって、多分——COUP DE PIED ですよね」

両開きのカーテンに三段ティアードのジャンパースカート姿の店員さんは、悪い応対をしてしまったという如何《いか》にも恐縮の口調ながら、私の履いている靴を前のめりに凝視いたしました。

「ええ、よくご存じね。とても昔に買ったものよ」

と返すと、更に店員さんの上体は前傾、まるでしゃがみ込んでディテールをまじまじ観てくるのではないかという勢いになります。

「ゴシックロリータの先駆とでもいうべき伝説の COUP DE PIED――。私は二〇〇〇年生まれですし、八〇年代にあったというそのメゾンを噂《うわさ》でしか知らないんです。雑誌などを漁《あさ》っても殆《ほとん》ど出てこないですしね。このアメリカ村に路面店があったという情報もあるんですが、どの辺りにかまで詳細を知っている人もなく」

「そうなの？　私は京都の人間だしそのお店は知らないわね。プランタン――否、ご免なさい、今のビックカメラの場所に、ファッションビルがあってそこのテナントとして入っていたのよ。でもよく観ただけで解ったわねぇ」

「シューレースですよ、シューレース。そんなふうにリボンをシューレースとして使うウィングチップ。これは最早《もはや》、芸術作品であると、コレクターの方が写真を、一度、観せて下さったことがあって。八〇年代の熊谷登喜夫《くまがいときお》の靴やナオミ・キャンベルがランウェイで履いて転んだので有名なエレベーテッドコートのピンヒールなんかを所持しておられて――。その方が、でも一番好きなのは COUP DE PIED の靴だとおっしゃっていたんです」

あの日、この靴に魅せられお店の前で凍り付いてしまった私は、暫くして、ふらふらとCOUP DE PIEDの中に入っていき、黒い衣装を纏いマネキンのように無表情で立っているハウスマヌカンさんに訊ねました。――「あの表に飾ってある靴は売り物ですか？　それともディスプレイ？」。

ハウスマヌカンさんは、表情を崩し、「はい。ご用意がありますよ」と白と黒、色違いのそれをレジの奥から出してきて下さいました。黒い方にも白い方にも蒼いサテンのリボンがシューレースとして用いられている。「紐を通すアイレットの部分を通常の革靴のそれより少しだけ大きくして周囲を金具で補強してあるので、靴紐代わりにリボンを通すことがやれるんです。でも、ここだけの話、やっぱりリボンですから、通常の靴紐のようにぎゅっと結んで履くには適さないですよ。普段でお履きになるなら、太めのシューレースに付け替えられるのがいいかと。私なんかは、やはりリボンのままがいいので、一寸大きめのサイズを選んで、最初にもうリボンを結んでおいて、フラットシューズみたいにして足を滑り込ませればいいようにしていますよ」――そういうハウスマヌカンさんは、表に出ていたものとは少しデザインが異なる、黒ですがトップラインに白のステッチが付けられたウィングチップをお履きでした。やはり蒼のリボンが緩くシューレースとして結ばれています。

これを見倣《みなら》い、私もワンサイズ大きめを選び、シューレースを結んだり解《ほど》いたりしなくていいようにして、丁寧にこのウィングチップの靴を履き続けてきました。履いた後はクリームを塗り、保存時にはシューキーパーを入れ、定期的に陰干しをして、三〇年以上、この靴を履いてきました。これを履かない普段は、adidasのスニーカー。

「私、一寸、興奮して喋《しゃべ》り過ぎましたかね。でも、お客様が入ってこられて、お洋服をご覧になる間、こっそりと、あれはもしかして――。似てるだけ？　否、恐らくCOUP DE PIED――と探っていたんです。でもって、思った通り、COUP DE PIEDだったじゃないですか。私、今、かなり緊張しています。だってCOUP DE PIEDを今も現役で履いておられる方とお話ししているんですから。カッコいいです。尊敬しちゃいます」

冗談かと思ったら、店員さんは本当に頰を上気させていました。

「じゃ、せっかくだし貴方がいってくれたよう、試着してみようかしら。でもやっぱりお婆ちゃんには派手過ぎる、若作りにも程があると感じたら正直におっしゃってね。私、気を悪くはしないから」

「はい！」

従者のように店員さんは勢いよく返事をすると、ハンガーのまま、黒のアデノフォラベロアドレスを持ち、私を奥のフィッティングルームに誘《いざな》ってくれました。レジと対面するようにあるコーナーを用いた試着室には、大きな鏡と、床に赤くて丸いカーペットが据えられている。私は靴を脱いでカーペットの上に上がります。アデノフォラベロアドレスの素材よりも厚手のベルベット素材のドレープをたっぷりと取った試着室のカーテンを閉める前に、店員さんが壁に吊るされた白いパニエを指差していいました。

「良かったら、そのパニエも試着の際にお使い下さい。このワンピースはパニエなしで充分に可愛いですけど、パニエを入れたら入れたで更に強力ですから」

「有り難う」

靴を脱ぎ、礼をいって私は試着を開始する。ウエストや肩幅は特に問題ないですが、やはり若い人向けのお洋服だよなと、鏡に映った自分を観て思います。シンプルといえばシンプルだし、agnès b. にもこういう着丈のスクエアネックのワンピースがあるけど、やっぱり、こっちは、ザ・ゴシックロリータ！　という感じなんだよな、改めて着てみると。何が違う？　膝丈だから若い人のワンピースに思える？　でも可愛いのは確かだし、何とかならないかなぁ。そうだ、店員さんがいっていたようにパニエを下に仕込んでみよう。こういうものを穿《は》いたことはないけれど、似合わないなら似合わないでいい、一度は穿いてみたかったし。

はしたなく裾を捲《まく》り、ボリューミーなパニエを装着、裾を下ろしてみる。過剰なAライン。余計、ゴシックロリータ全開！　になってしまった。当然か……。

でも私は、似合ってないかもしれないけど、変ではないと、鏡の中の自分のことを思いました。と、同時、涙が突然に溢れてきた。

カヲル——可愛いってスゴいよ。私が可愛い訳ではないのだけれども、顔には皺《しわ》が一杯あるし、目尻、口元、あらゆる部位が老化に拠《よ》って垂れ下がってきているけれど、可愛いものに包まれるとこんなにも幸せな気持ちになれるんだと、この歳で私はようやく知った。

カヲル、可愛いって涙が出るものだったんだね。可愛いって胸が苦しくなるんだね。可愛いって勇気やら強さやら、いろんなものを与えてくれる最強のサプリメントのようなものだったんだね。だからきっと、女のコはどんな時でも可愛いを貪欲に求めるんだ。それに命を捧《ささ》げてしまうんだ。私、お婆さんだからこそ、それを冷静に理解出来るよ。もう素の私は太い三つ編みをしていたって可愛さが出涸《でが》らしになったお婆さん。それに不満はないのだけれど、お婆さんだからこそ、こんなドレスを纏う機会も与えられたんだよね。お爺《じい》さんにはない特権。若い人の方が、接客してくれている二〇〇〇年代生まれの店員さんの方が圧倒的に似合うのは承知していますけれど、私にだって着る資格はあると、鏡に映し出されたアデノフォラベロアドレスが囁《ささや》いてくれています。これを着て、COUP DE PIED の靴を履いたなら！

私はその衝動を抑えるのが敵《かな》いませんでした。フィッティングルームのカーテンを開き、外で脱いだシューレースがリボンのウィングチップを履こうと飛び出したなら、爪先が店員さんの頭に当たりました。店員さんは、私が着替えている間に、床に膝を突き、靴をまじまじと見詰めていたらしい。インソールの部分には、金で王冠の模様、そしてCOUP DE PIEDのロゴが入っているので、それに観入ってしまっていたのでしょう。不意に頭を蹴飛ばされた店員さんは私を見詰め、

「普通に可愛いです。あ、でも失礼」

と、立ち上がり、靴を履いた私の脇に腕を差し込みました。

「お客様は、サイズ1でもウエストがまだ余るようですし、紐をもっと締めましょう」

確かにそうして貰った方が、よりラインが美しくドレスと自分との間の違和感がなくなりました。堪《こら》えようとするけれども、まだ涙が止まらない。今まで姑息《こそく》に孫のプレゼント選びと偽り、可愛いお洋服を観たり小物を買ったりしていた自分を非道《ひど》い人間だと思い、自分自身に詫《わ》びる。恥ずかしくても、この歳になってもこういうものに惹《ひ》かれるのと、ちゃんといってくれれば良かった。可愛いの神様は赦して下さるでしょうか？

お婆さんだけど、私は可愛いものが好きだ！　女子だから。お婆さんだけども女子だから……。

何故に泣いているのか、店員さんには解らないに違いないです。頭を蹴ってしまったをすまなく思ってのことと勘繰られるのも困るので、お婆さん特権での、最後の嘘

を吐きます。

「貴方の年齢では知る由もないのだけど、急に意味なく涙が出ることがあるのよ。お医者様がいうには女性ホルモンの減少が原因、更年期障害の一種らしいわ」

着てきたドレスシャツとセットアップをATELIER PIERROTのショップ袋に入れて貰って、私はアデノフォラベロアドレスを購入、そのまま着て帰ることにします。パニエも入れたままにしたいので新品のボリュームパニエも買うことにしました。白か黒か迷ったのですが黒いワンピースの裾からチラッと白のパニエが観えた方が可愛いと思ったので、敢《あ》えて白にしました。

これで会社に行くとマズいのは解っていますが、ここは図々しく、「還暦で定年退職をしたのを機に、本当に着てみたかったお洋服を着てみることにしたの。心配なさらないで。毎日、こんな格好で出勤する訳ではないから。偶《たま》にはいいでしょ。お婆ちゃん、ご乱心と大目にみて頂戴よ。貴方達に比べ、私の後の人生はもう限られているのだから」とでもいってやろうか。ひとまず、今日から約一週間は会社に行かないし、この問題は後々、考えることにしようと決めました。

季節は春なれど、半袖のこれ一枚では、まだ少し外に出ると肌寒い。だけど、COUP DE PIEDの靴もこのワンピースを私が着ているのを、歓《よろこ》んでくれているのが解る。

帰路、京阪電車に乗り換える為に心斎橋駅から御堂筋線で淀屋橋駅まで戻りましたが、急に、ここから歩いて行ける距離に大正時代に建てられたネオルネサンス様式の建築、中央公会堂と中之島の薔薇園があることに気付きました。そりゃ、行くべきでしょうと、COUP DE PIED の靴、そして ATELIER PIERROT のアデノフォラベロアドレスに問うたなら、勿論《もちろん》——と返事が返ってきたので地下から地上に出ます。薔薇はまだ少し季節が早いのか、余り咲いておらず思ったより薔薇園はショボかったなぁ。中央公会堂は昔、来た時はもっと古ぼけた感じで、地下に閑散とした素気ない職員専用のような食堂があって、その佇《たたず》まいがやけに建物の雰囲気に合っていて却ってモダンで好感を持てたのですが、ニューヨークスタイルっぽいレストランに変わっていましたので入りませんでした。

結構、歩いたのですが、そのまま堂島川に掛かるアーチ型の大江橋を渡り、御堂筋をテクテクと、梅田まで歩くことにしました。梅田に出てJRの大阪駅から京都方面の新快速に乗った方が、家に帰るにはラクなので……。

そうだ、本屋さんに寄ってみようと、梅田に着いた私は、阪急梅田駅の真下にある紀伊國屋《きのくにや》書店に進路を取りました。大阪は好きじゃないけど、この書店は大きいし本が揃《そろ》っているし好きです。特に買いたい本はなかったので、検索コーナーで氷室冴子を入力してみます。店内在庫は『さようならアルルカン／白い少女たち』の一冊のみ。

コバルト文庫ではなく、氷室冴子初期作品集という二〇二〇年に編まれた復刻の単行本でした。コバルト文庫としては発売されなかった幻の短編も収録されているらしいのですが、買わないことにする。だって私はカヲルに借りた『さようならアルルカン』を所持しているもの。

何となく文芸雑誌のコーナーに行きました。『群像』だったり『文學界』だったり棚差された純文学系のものを少しだけ捲《めく》ってみる。何冊かそうするうち、その中でも一番地味な季刊の文芸誌の表紙に、新人賞発表の文字があったので、これにもしカヲルの作品が載っていたなら、何て今日は有意義な定年退職日でしょうと眼を落とすと、落としたならば……。

あのねえ、カヲル。私は怒っているのですよ。この雑誌の新人賞として掲載されている『果《は》てや水月《みづき》の彼《か》や此《こ》の夜《よ》』という短編小説、貴方の作品じゃないの！　山岸カヲル名義ではなかったけど、すぐに解ったわよ。だってペンネームが、放課後《ほうかご》の清掃《そうじ》人《にん》――なんだもの。そして作品の出だしは、こう。

『人生は刑期であり懲役――。私には数十年後の自分の未来が見えない。否、見たくないのだろう。この世界は監獄であり私は懲役刑を科された囚人なのだから。』

本当に貴方、私の散文をパクって自分のオリジナルとして応募したのですね。でもそれが立腹の原因ではないのです。

著者紹介の頁で、貴方、石川県在住、一九九六年生まれって、嘘、書いてるじゃない！

一九九六年生まれだと、二七歳でしょ。何故に同じ高校で同じ学年として図書委員をしていた貴方が、現在、二七歳で私が六〇歳なのよ！　貴方だけアインシュタインの相対性理論の説明でよく出てくるように、高校卒業後、一人だけ光の速度で移動し宇宙に行って帰ってきたとでもいうの？　証明写真のような顔写真は確かに貴方で、二七歳くらいだわね。でも絶対これ、頁《ページ》がモノクロなのをいいことにその頃に撮った写真をわざわざ選んで載せているわよね？　そういう狡《ずる》いことしていいの？　もう六〇歳だし、五つ、六つのサバ読みは赦されると思います。でも二七歳は非道過ぎる。

詐欺だわよ、カヲル——。

年齢設定に関して余りに驚愕《きょうがく》した私は、

「二七歳！　えー！」

と、思わずごった返す紀伊國屋書店の店内で、大声を出してしまいました。

ベロアの膝丈の、どっさりとパニエを仕込んだロリータ服を着たお婆さんが、急にそんな奇声を発したのよ。どれだけ恥ずかしかったか、解りますか？

雑誌をその場に置いて、急いで書店から逃げ出したわよ。だから貴方の作品が掲載されたその文芸誌はまだ買っていません。明後日《あさって》あたり、ネットで注文してあげるわ。

昔のよしみで三冊、買ってあげるし、匿名でレビューも書いてあげる。安心して、実は私が放課後の清掃人ですと名乗り出ることはしませんから。それは貴方に譲り渡したのですものね。サバ読んでることも黙っていましょう。

でも、紀伊國屋書店での失態、本当に想い出すだけで今でも、わっと叫びたくなるわ。私ったらまるでピエロじゃない？

そうか、そして貴方は狡猾なアルルカンなのね。嫌な人、もう絶交よ。実家の住所をまだ憶えていたとしても年賀状とか今更、寄越《よこ》さないでね。私はこの先の人生の全てを、貴方を恨むことに費やしてあげます。

還暦を過ぎてロリータになったババアの恨みは恐いのよ。

ピクニック部

I　ワンダーフォーゲル

乃梨子《のりこ》先輩——貴方《あなた》のことを〝可愛《かわい》い〟という男子達を僕は嫌悪します。確かに〝可愛い〟のだけれども、彼等《かれら》がその言葉を使う時、僕が貴方に感じている〝可愛い〟とそれは異なっているから……。

僕が貴方を認識したのは、高校に入り初めての二学期、秋も深まり少し寒い日はブレザーの下にセーターすら必要になり出した頃でした。

貴方は新校舎の一階から二階に至る階段を、左手で手摺《てすり》を摑《つか》み、身体《からだ》の荷重を前方に極端に傾けながら、ゆっくりと時間を掛けながら上っていました。

後ろから観《み》てすぐ、貴方の右脚が義足であるを僕は了解出来た。背は女子にしては少し高い方で、一つに結《ゆわ》えた胸下まであろうロングの髪は黒く、カスタムしていない紺のブレザーの制服がとても似合っているのだけれども、顔が整い過ぎた和風なもので大人びた雰囲気、二十歳《はたち》くらいの女性が窮屈にそれを着せられているような印象を受けました。

　スカートが隠してくれるから膝から上がどうなっているのかは知れねども、上履きまで伸びている右の下腿部《かたいぶ》が、銀色のポールみたいなものに、なっている。左の健常な脚と比べれば、こんな安易なもので身体を支えることが可能なのだろうかと訝《いぶか》しくなる程にそれは細く、直線的でした。

　僕は義足で階段は大変だろうと思いつつも、ちらっと貴方の顔を窺《うかが》ったのみで横を通過し、二階に上がりました。学年章で、二年生の人なのだと判別出来た。学年章がⅡであったかⅢであったかを確認した訳ではありませんでしたが、同じ一年にこんな綺麗《きれい》な人がいたら既に知っているだろうし――新校舎は二年生と一年生の教室しかない――、消去法で貴方を一つ上の学年の生徒だと決めることがやれたのでした。

　次に貴方の姿を認めたのは、一週間くらい経《た》ってからでした。花壇の水やり当番の仕事があって少し早く学校に着いていなければならなかった。こういう作業は部活動に入っていない者が率先してやる決まりになっています。割り当てられた校門傍《そば》の花壇の草花に、古びたステンレスのへこんだじょうろで適当に水を与えていると、乃梨子先輩、貴方が校門を潜《くぐ》り登校してくる姿が眼《め》に留まりました。大勢の生徒が敷地内に入ってくる中、貴方は歩みが遅いので後から来た者にどんどんと抜かされていました。それでも平坦《へいたん》な道は階段より歩き易《やす》いようで、登校の群れの中、貴方の義足はさほど目立ちませんでした。

僕が、この前に見掛けた二年の人だと気付いたのは、貴方の顔立ちがやはりとても美しかったから。

あの時の綺麗な人だ――と、観ているのがバレないように水やりをするのに集中している振りをしながら、僕は校舎へと進んでいくその姿を眺めました。貴方が花壇の横を通り過ぎてしまうと僕は大胆に貴方を凝視するが敵《かな》います。僕が後ろ姿に見入っていたとて、貴方が振り返ることなぞ考えられなかったから。何組の人なのだろう？ 名前は？ 僕はそれが知りたくなってしまった。

あっさりと僕は、貴方に恋をしてしまっていました。

だって、貴方が可愛かったから……。

貴方の後ろ姿、義足を上手《うま》く扱ってはいるものの、少し右脚を引き摺り、ブリキの玩具《おもちゃ》のようギクシャクと歩く姿がとても可愛かったから……。

視野に上半身のみしかなくとも、不自然な歩き方のせいで貴方の身体は多少、ぎこちない動き方をしていて可愛い。

つんのめるように頭を前方に倒したかと思うとすぐに姿勢を戻すことを規則正しく繰り返す――それがどうしようもなく可愛い。もし義足でなくとも、貴方が常からこのような歩き方をする人であったなら、僕はその可愛さにメロメロになってしまった筈《はず》です。

僕は男子ですが、生まれついた頃から〝可愛い〟ものが大好きなのです。

僕が貴方のことを〝可愛い〟という男子達を嫌悪するのは、彼等がその言葉で貴方を表す時、性的な魅力を持つ――という意味しか〝可愛い〟に込めていないからです。彼等はいう。「あいつ、スゴく可愛いよな」「でも足があれじゃん」「そこが辛《つら》いところだよな」――。この類《たぐ》いの会話を聴く度、僕は怒りに震え、大声で彼等を怒鳴りつけたくなる。

乃梨子先輩は義足だから可愛いのだ！　義足のせいであの動き方になっているところが可愛いのだ。もし彼女があのギクシャクした歩き方でなければ、単に美しい人なだけだ！　男子達は恐らく、足を引き摺っているくらいは問題にしないでしょう。只《ただ》、貴方の右の脚が義足である。太腿《ふともも》の先からの部位が欠損していることを嘆くのです。セックスをする時、欲望の妨げになってしまうから。

ならば〝可愛い〟とは、いうな！

僕は乃梨子先輩の右脚の問題で、君等が性的欲望を萎えさせることを責めているのではない。君達は――〝可愛い〟――と〝唆《そそ》る〟――を、同義語として使用している。その無神経さと粗雑さが、僕は赦《ゆる》せないのだ。

「あいつ、美人なんだけど、足があれだものな」というのなら僕は腹を立てません。〝可愛い〟に拘泥《こうでい》し続けてきた僕にとって〝可愛い〟は聖なるものです。義足の貴方が〝可愛い〟のはキティちゃんが二頭身で〝可愛い〟ことや、そのキティちゃんが描かれていれば、へこんだアルミのじょうろすら〝可愛い〟になるのと同じなのだ。君達は、何時《いつ》もキティちゃんを厭《いや》らしい眼で観ているのか？

この情動はしかし、共有出来ぬと解《わか》っていましたので、誰に打ち明けるつもりもありませんでした。貴方のクラスと名前、ワンダーフォーゲル部に所属ということまで調べ、自分もワンダーフォーゲル部に入部、そして、貴方と同じく二年である里美《さとみ》先輩と仲良くなるまでは……。

里美先輩と貴方はかなり親しいですよね。クラスが違うのに部活以外の時も大抵、一緒にいます。

ですから貴方を眼で追うと、もれなく里美先輩がミキれる。里美先輩もタイプは違うけれどもやはり背がすらりと高い整った顔立ちの女子です。貴方と圧倒的に違うのは、髪をショートにして如何《いか》にもアウトドアが好きというボーイッシュなイメージを顕示《けんじ》しているところでしょう。否《いや》、もっと貴方と異なる部分がありました。里美先輩は常に、目付きがとても悪いのです。

入部したものの、僕は貴方とは眼を合わせるなんて滅相《めっそう》もなく、観ているだけで満足。挨拶はしますが積極的に話し掛けることをしませんでした。里美先輩には違う意味で近付けませんし、話し掛けられません。傍《かたわ》らに寄ると、何も悪いことをしていないけど、「ナヨナヨするなぁ!」と、頬を思い切り平手打ちされそうなので、可能な限り僕は、里美先輩との接触を避けていました。部員達は部長、副部長を差し置き、二年にして陰の番長と里美先輩を呼んでいましたしね。

僕が入部した頃、ワンダーフォーゲル部には一つ、大きな問題がありました。部としての活動方針です。

ワンダーフォーゲルは、山野を歩き、自然を愉《たの》しみながらそこで心と身体を鍛える青年達の活動——を意味します。しかしそのざっくりとした内容故に、部に入る生徒の目的は様々です。大学から本格的に登山がしたいから高校ではワンダーフォーゲル部に在籍し基礎力を養いたいという人もいれば、インターハイを目標にするハードな体育系は苦手だけど身体を動かすのは好きという人、或《あ》るいは山ガールに憧れたという女子達もいる。うちの部は高校で山岳部は作れないからワンダーフォーゲル部にしている伝統を持つので、軽い気持ちで入部した山ガール系は、ほぼ一学期のうちに脱落していく。

敷地が宇治《うじ》市の中央にあるおかげで我がワンダーフォーゲル部は、宇治上《うじがみ》神社の横道から上れる仏徳山《ぶっとくさん》——通称、大吉山《だいきちやま》とその山頂からのルートがある朝日山《あさひやま》を登山コースとして利用することがやれます。大吉山は標高一三一mの低い山で、傾斜も余りなく山頂まで二〇分程度で辿《たど》り着けるので、一般の人がハイキングをするのによく使われています。大吉山の山頂から更に奥に続く朝日山にしろ標高は一二四mなので高くはない。道も大吉山程は整備されていませんが、東海自然歩道なので素人《しろうと》がスニーカーで往復可能な山です。

大吉山から朝日山に至り、志津川《しづがわ》の自動車道に出る下山ルートは休息時間も含め、初めてでも一時間もあればトレイル出来ます。只《ただ》、朝日山は大吉山と違い、観音堂の置かれる頂上への急勾配を上る、上らず平坦な道を行くなどルートにバリエーションがあり、難易度を様々に設定出来るので、登山の練習場所としては結構、適している。一番簡易な道のりでも高低差の激しい狭く、ぬかるんだ地帯を通らなければならなかったりもするし、大きな重いバックパックを背負っての歩行になると、談笑しながらのんびり——という訳にはいきません。更に二つの山を抜け、神女《しんにょ》神社の傍から四一五mの喜撰山《きせんやま》を目指すコースもあるのですが、これはもう普通に登山、先人達が遺《のこ》すテープの目印を頼りにトレイルしなければなりません。もはやワンダーフォーゲルの範疇《はんちゅう》ではない。登山の人達は肩慣らしにもなりゃしないと笑いますが、僕のような初心者が一人で上らされたら、絶対に遭難してしまいます。

山岳部寄りの我がワンダーフォーゲル部は、入部すると先《ま》ず、大吉山と朝日山コースで適性を測られます。後、先輩誘導の下、喜撰山にも連れて行かれます。

只《ただ》、飽くまでワンダーフォーゲルを行う部ですから、全員が登山の練習をしなければならない訳ではありません。洗礼を受けても尚《なお》、登山に必要な知識や体力、スキルを身に着けるはやぶさかではないけれども、山野を歩き、自然を愉しみながらそこで心と身体を鍛える青年達の活動を重視したい人達もいるので、その人達は登山組とは別メニュー、軽装でのワンゲル活動を優先します。

全学年併せ、常に二〇名前後の部活ですので、登山組、ワンゲル派と分離しているのではない。

登山組がワンゲルをすることもあればワンゲル派が登山組の過酷な特訓、十五kgのバックパックを背負い、五〇kmをひたすらにトレイルする鬼修行に参加することもある。登山組はワンゲル派を軟弱だと疎む傾向があるにはありますが、喜撰山の洗礼を乗り越えて残っている部員ですので表立って悪口はいいません。

いいえ、悪口や陰口はどんな場合に於《お》いても、ご法度《はっと》なのです。

何故《なぜ》ならワンダーフォーゲルで最も大事なこと、それは爽やかさだからです！

その爽やかさを重んじるが故に、部に持ち上がった活動方針を巡る問題の解決は困難であると、入部したての僕は余り良く解ってはいませんでした。

爽やかさ故の面倒臭さ——を理解したのは、三年生が引退、新しく四月を迎え、乃梨子先輩、貴方と里美先輩と同学年の登山組のマッチョな、男らしさの塊のような、白い歯で笑顔が似合い過ぎる剛力《ごうりき》先輩が新部長、そして里美先輩が副部長として本格就任してからでした。

二年に上がった一学期、中間試験明けの部活動後、僕は新三年生の里美先輩から、

「ちょいと、ツラ貸してくんない」

呼び出しを受けました。選《よ》りにも選って体育館裏――でした。

里美先輩は、前置きなしにいいました。

「あんたさぁ、ワンゲルになんて全く、興味ないでしょ。それでも部活を続けているのはズバリ、乃梨子がいるからだよね？」

「……」

「何処《どこ》が好きな訳？」

この時、僕はもしかするとこの目付きの悪い先輩は、僕のことを好きで、僕が貴方の方ばかり気を取られているのにムカつき、高嶺《たかね》の花は諦め、自分の男になるようにと、力付くで唇を奪おうとしているのではないかと恐怖しました。――可笑《おか》しな考えですが、僕は幼少期から容姿の華奢《きゃしゃ》さと、自分でも気付かないうちに可愛いものを身に付ける癖があったからか、豪胆な性格の女子に押し倒され、自分と付き合うよう強要されるを何度か経験しているのです。

「あんたが乃梨子に惚《ほ》れてるのは、既にワンゲル部全員が知っているわよ。だってあんた、バレンタインの日、乃梨子の鞄《かばん》の中にそっとチョコ入れたんだから。それも手作り……。あんたからのものだと解って、その場にいた部員全員、ドン引きだったわよ」

「乃梨子先輩が……皆に……僕のチョコを……」

蒼醒《あおざ》めました。あの乃梨子先輩——ギクシャクと可愛い動きをするのに容姿は端麗《たんれい》の憧れ人が、男の癖して私にチョコだよと、皆に観せ、冷笑したというのか？　あの乃梨子先輩が……。嘘《うそ》だ、嘘だ！　眼の前と心に帷《とばり》が降りてくるのが解りました。恥ずかしいとか悔しいという気持ちは不思議となく、只《ただ》、ショックでした。

僕の絶望をすぐに察したのでしょう。里美先輩は相変わらず目付きは悪いものの、少し早口で付け足しました。

「あのさ、乃梨子にしたって悪意があってそうしたんじゃないよ。彼女の名誉の為《ため》にいっておく。誰が悪いかといえば、うーん、結局、あんたなんだよね。だってさ、キキララの紙箱に赤と白のドットのリボンを蝶《ちょう》結びにして、それを開けたら、ハートや星がデコレーションされたデパートで売ってても不思議じゃない仕上がりの、小振りな手作りカヌレが一つずつ、丁寧にテトララッピングされて入っているのよ。絶対に自分を慕っている後輩の女子からのチョコだと思うじゃん。

乃梨子は美形だから女子からも人気高いのよ。そんでもって大抵、あいつを好きになる女子って照れ屋で奥ゆかしいタイプなのよ。そういうワンゲルの後輩部員が、手渡し出来ず、そっと鞄に入れてくれた――と、乃梨子が思うのは当然じゃない。

だから敢《あ》えて、まぁ。可愛い、誰がこんなものを――と乃梨子はその贈り主を讃《たた》えるように、皆にカヌレを拝ませたのよ。ワンゲル部にはこんな素敵な一年女子部員がいるのよ、と知らせる彼女なりの礼節だった訳よ。

でもって、箱の底を探ったなら、小さな千代紙の栞《しおり》があって表に、乃梨子様へ――書いてあって、裏にはZ・Gというイニシャルが添えられていた。一年、否《いや》、ワンゲル部の中でそんなイニシャルの部員って、あんたしかいないじゃん。ゲンジ・ゼンゴロウ――源治善悟郎《げんじぜんごろう》――。あんた、名前だけは武将並みに雄々《おお》しいのよね。

あんたが自分のイニシャルを入れるというセコいアピールさえしなけりゃ、詠《よ》み人知らずの慎《つつ》ましい女子からのバレンタインチョコというので丸く収まったのに……。それに少女趣味とはいえ今時、千代紙の栞ってどういうこと？　あんた、オカマな訳？」

イニシャルがいけなかったのか。せっかくの好意だったのに、乃梨子先輩も困惑したのだろうな……思うと先程とは別、絶望ではなく悲しみの帷がその内側に差し込まれるようにして降りてさました。僕は泣いちゃ駄目だ、もし涙を観せたなら貴方と親しい里美先輩まで嫌な気にさせてしまうと踏ん張り、俯《うつむ》きたいのを抑え、平静を保つ手段としてぐっと里美先輩に向き直りました。

里美先輩は多分、睨《にら》み返されたと錯覚し、普段以上に悪い目付きを僕に突き刺します。

「私はさ、ゲイだとかホモだとか、心は女子だけど男子に生まれついたとか、そういうのに関して細かく対応するつもりはないから。私は全部、引っくるめてオカマでいいと思ってるんだ。大事なのは対応じゃなく対処でしょ。各人の事情に対応してたらキリがない。でも対処出来るものは対処すればいい——これが私の持論」

「同感です」

僕は頷《うなず》きました。

「僕、物心付いた頃から男子向けのものが苦手、というか興味を持てなかったんです。逆にリボンとか花柄とかお姫様とか、お裁縫とか……そういうものには惹《ひ》かれちゃって。

あ、でも可愛くなきゃ駄目です。リボンなら何でもいい訳じゃなくて可愛いリボンしか嫌なんです。乃梨子先輩のバレンタインのラッピングのリボンも一週間、探しました。ユザワヤとかは結構、揃《そろ》ってないんです。京都店は規模が小さいから。リボンに関してはノムラテーラーも微妙ですよね。結局、ネット販売ですけど手芸ナカムラが一番、安定してます。ハンパものだから激安！　が売りのお店ですけど、チロルテープは殆《ほとん》ど僕、ここで買ってます」

「あのリボンも、その……ナカムラで買ったの？　確かに凝ってるなーって感心した。サテンやオーガンジーにドット模様じゃなく、刺繍《ししゅう》のドットだったものね。あれ、かなり可愛かったし、チョコを寄越《よこ》せとはいわないからそのテープを頂戴《ちょうだい》よと私が頼んだのに、乃梨子、これも含めてのプレゼントですからと、くれなかったのよ。一応、私、乃梨子の親友の筈なんですけど」

「僕としては嬉《うれ》しいです」

「そりゃ、そうだわよね」

里美先輩が溜息《ためいき》混じりにいったので、僕は笑ってしまいました。そして里美先輩が恐《こわ》いだけの人でないと察したので——だってあのチロルテープの素晴らしさを理解する人だもの——、自分はオカマと呼ばれても特に傷付くことはない。しかし、女性になりたいと思ったことはなく、自分を女性だと思ったことも全くない旨を打ち明けました。

「凄《すご》く毛深いとか、男性的な特質が顕著なら自分の嗜好《しこう》とのギャップに苦しむことがあったのかもしれないけれど……。別に男子だけどリボンが好きでも問題ないじゃないですか。そりゃ、可愛いものが好きなので、女子はワンピースが着られていいなぁとか、三つ編みしても変に思われないから羨ましいなぁとかはあります。だけど男がカヌレを作っちゃいけないという法もないし、男でも手芸ナカムラでリボンを売って貰《もら》えるし」


「じゃ、オカマというよか、シスターボーイだ」

里美先輩の言葉に僕は首を捻《ひね》りました。

「うん。シスターボーイ。昭和の頃に使われた俗語らしいけどね、男だけど女子みたいな、なりや嗜好の人を昔はシスターボーイと呼んだそうよ。オカマといって悪かったわね」

僕は首を横に振りつつも、里見先輩の言葉に同意しました。

「否、全然、オカマ——でいいです。そう呼ばれるのは慣れてるし、自分でもそうだなーと思いますし。でもそのシスターボーイって呼び方、とてもしっくりきますね。何か、ようやく居心地のいい椅子に座れたって感じです」

今度は里美先輩が首を捻る番でした。

「私——誉《ほ》めてはいない訳だけど、そこんところ、あんた、理解してる？」

「勿論《もちろん》、理解してますよ」

僕は頷き、里見先輩に向けて微笑《ほほえ》みました。

「嗜好がどうあれ、僕は男子です。だから、ワンピースや三つ編みを諦めなきゃならないのは、ある程度、仕方ないことだと思っています。だって僕は月のものの煩わしさを経験しないで済んでいるし、妊娠や出産のリスクを背負わないし、就職先で、スキルはあるのに容姿の悪さからお茶汲《く》みさえやらせて貰えない――嘆く事態にも遭遇しないだろうし……。

制服なら大丈夫ですが、僕、Tシャツにジーンズでも、かなりの頻度で女子に間違われるんですよ。街で知らないオジサンからパパ活を申し込まれる場合もあり……。駅前に立っていると、チラチラ、こちらを観てきて、近付いてきたかと思うと、一万円札をちらつかせ、カラオケ三〇分――とか交渉される時、スゴく人間として蹂躙《じゅうりん》された嫌な気分になります。人ではなくモノとして品定めされた腹立たしさといおうか……。あれって精神的な強姦《ごうかん》ですよね。

毎日、こういう屈辱と隣り合わせなのなら、女子が男子より可愛いを優先することに特化する権利を与えられるのは仕方ないことですよ。でないと、生きていけないもの。可愛いを一杯、抱えておかないと、息苦しくて、こんな暴力的な世界に自分の居場所を見付けられないもの」

里美先輩は、じっと僕を見詰めていました。そして僕が話し終えるのを待って、右手を上に大きく振り上げ、僕の頬に思い切り平手打ちを喰《く》らわせました。そうして、威嚇《いかく》するような大声で、僕に向かっていいました。

「あんた、いい奴《やつ》だったんだね！」

あの時、何故に打《ぶ》たれたのか、今もさっぱり解らないのですが、里美先輩が僕を気に入ってくれたのは確かでした。

「じゃ、改めて明確にしておくと——、あんたは、異性として乃梨子に惚れているんだ？　心は女子だからエスな気持ちで乃梨子をお慕い申し上げて……というのではないんだ。でもシスターボーイだから、気持ちを伝える方法が、壁ドンをして、先輩、俺と付き合えよ、とはならず、バレンタインディに手作りチョコを贈りたいとなってしまうんだ？」

「そうやって言葉にされると妙なのですが、概《おおむ》ねそういうことです。シスターボーイなら当然と、里美先輩、ご理解下さいましたか！」

里美先輩は僕が意気揚々と告げるので、少し調子が狂ってしまったようでした。

「あんた——自分がシスターボーイであることを自慢してない？」

「はい。だって可愛いじゃないですか。シスターボーイって」

「可愛いがあんたの最優先課題な訳ね？」

「勿論です！」

返すと里美先輩はまるで敗北してしまったが如《ごと》く、溜息を吐《つ》きました。僕は続けます。

「里美先輩はさっきチョコの贈り主が詠み人知らずなら問題はなかったとおっしゃいましたが、名乗らずに告白だなんてそれって男らしくないじゃないですか？　可愛いものが大好きですが、僕は男です。だから常々、男らしくありたいと思っています。女性はシスターボーイになれない。男であるからこそシスターボーイたり得る。ならばシスターボーイとして僕は誰よりも男らしく生きたいです」

それを聴いて里美先輩は、爆笑しました。

そうしてかなり長い間、お腹《なか》を抱え、ようやく感情が収まった後、

「でもって――最初の質問に戻ろう。あんたは結局、乃梨子の何処が好きな訳？」

訊《き》いてきました。僕は、

「可愛いところです！」

と、応《こた》えました。

「また打たれるかもしれないですが、僕は、乃梨子先輩の歩き方が好きなんです。あの可愛い歩き方に惚れました。可愛いんです、乃梨子先輩の歩行は、圧倒的に！」

すると、里美先輩は大きく首を縦に振り、感慨深く腕を組むのでした。そして僕を睨みながら、

「うん。あれは可愛い」

唸《うな》るのでした。

「私も乃梨子が義足になってあの歩き方でなければ、ここまで親密に付き合っていないもの……。常時、行動を共にするようになったのは彼女が義足になってからよ。あんたのいうように、もう可愛くって、可愛くってさ！　離れられなくなっちゃったのよ」

と、同意するのでした。

「実はうちの父が接骨医をしていてね、昔から足の悪い人は見慣れているの。でもあんな可愛い歩き方をする脚の不自由な人はいないわよ。乃梨子は別格なの！　あー、乃梨子の義足の可愛さを語り合える同志がこんな処《ところ》にいたとはね。シスターボーイだけど我慢しよう。そうだ、この際、同盟を結びましょう。乃梨子を依怙贔屓《えこひいき》する同盟――メンバーは私とあんたのみ。そうとなれば何処かで決起集会よ。とりあえず明日は日曜だし、午後から宇治橋の袂《たもと》のサイゼリヤでどう？　千円未満ならドリアでもハンバーグでもケーキでも何でも私が奢《おご》るわ」

「サイゼリヤですか？　あすこってボッティチェッリの絵が掛けられたドリンクバーの前にシャンデリアが吊《つ》るしてあるので、好きです」

「近いし安いし、うちの部員はもれなくあすこの常連だけど、そこに反応するのって多分、あんただけよ」

こうして翌日、僕は里美先輩とサイゼリヤ宇治里尻店でお茶を飲むことになりました。そして僕が入部した前年の二学期の秋から持ち上がっていたワンダーフォーゲル部の活動方針に関する大きな問題——の裏にあったややこしい経緯《けいい》や、現在の三年生しか知らない部内での確執などを、乃梨子先輩に関する情報と共に聴かせられました。それらは部にいれば何となく雰囲気で察せられるものでしたし、詳細を知らされてもさほど驚くに値しなかったのですが、僕が腰を抜かしたのは里美先輩の私服でした。髪は短くボーイッシュ。目付きがすこぶる悪く口も悪い癖に、里美先輩はロリータだったのです！

「何で、コーベルオーニングタイプの日除《ひよ》けみたいにフリフリした白襟の付いたギンガムチェックのそこかしこにチェリーやらマスカットなどフルーツのイラストがちりばめられた膝丈ワンピースを、里美先輩が着ているんですか！　スカートの下にパニエ、仕込んでますよね？　僕、知ってますよ。それって Melody BasKet のフルーツバスケットワンピですよね？　もしかして乃梨子先輩に借りたんですか？」

「失礼極まりないわね。私は普段、こういうお洋服が好きなの。部活でヒラヒラ系は絶対に着られない——というか、ロリータでワンゲル活動をするのって無理じゃん。だから持ち込むことをしてないだけ。乃梨子を可愛くて手放せない私がロリータなのはむしろ当然でしょ！　あんただって、人のことといえないじゃない。この前、Ｔシャツとジーンズでも女子に間違われると嘆いていたけど、そのデニムも白のＴシャツもSNIDELだよね？　幾ら華奢とはいえ何で男子がSNIDEL着てるのよ！」

「僕だってそういうロリータのお洋服が着たいですよ。でも男子だし、お嬢様なイメージもあるけどシンプルで一般受けするSNIDELとかで堪《こら》えてるんです」

「あんたって『Sweet』とか読んでる人？」

「はい」

「あー、私の趣味は偏《かたよ》り過ぎてるから乃梨子に影響を与えられないけれども、せめて彼女にも『Sweet』を読むような友人がいたらなと、切に願ってはいるんだけどねー。源治善悟郎──あんたじゃ、却《かえ》って無用の長物」

　イタリアンプリンとティラミス　クラシコの盛り合わせとドリンクバーからメロンソーダを持ってきた僕を前に、コーラを飲みながら、コーンピザとカリッとポテトをむしゃむしゃと食べる里美先輩は大袈裟《おおげさ》に項垂《うなだ》れました。

「乃梨子先輩ってどんなファッション誌を読んでるんでしょうか」

「乃梨子の愛読誌は未《いま》だ『nicola』よ」

「か、可愛い！」

「可愛くない！　ファッションに興味がなくとも『Sweet』くらいは、読んでいて欲しい。お洒落《しゃれ》な中学生向けというけど、実質『nicola』は小学生しか読んでないじゃん。何であの端整な美貌なのに未だ『nicola』なのかなぁ……。お洋服もLovetoxicばつかだし。私が一寸《ちょっと》、それはヤバい、こういうのも似合うよ、試着だけでもと自分のロリ服、着せてみようとしたら、私、そういう子供っぽい服、苦手と、真顔で返すし
さ。高校生でLovetoxicを着てる奴にMelody BasKetを子供扱いされたくないわよ」

「もしかして——乃梨子先輩が部活の時、着ているFILAのジャージって……」

「そう。LovetoxicとFILAのコラボアイテムよ。皆、高校生だしまさか、彼女の着ているFILAがLovetoxicだなんて想像だにしないでしょうけど、私は常にハラハラしているわ。大吉山では親子連れでハイキングしている人達にもよく出逢《であ》うじゃん。あ、あのお姉ちゃん、私と同じと指差されないか……。といおうか、何《いず》れバレる気がするのよね、私達の活動が大吉山オンリーである限り。

そこで私はこの際、副部長権限で、正式に部内に独立したピクニック部を発足させようと思うの。剛力部長のような本格登山志向の人達ときっちり袂《たもと》を分かとうと思うのよ。

あんただって彼女のお子様趣味が吐露《とろ》されず無事、卒業の方が嬉しいでしょ、源治善悟郎——。来年、新しく入ってくる一年が部活のアルバムを観て、うわー、この人、去年までおられたんですか？　綺麗な人ですねーと、眼を輝かせた時、横から上級生が、でも残念なことにそのお方、センスがお子様だったんだ——暴露されるのは不本意な筈よ」

里美先輩が空になったグラスを僕に向かって突き出します。ドリンクバーで注《つ》いで来いということらしい。「またコーラでいいんですか？」訊くと、里美先輩は頷きました。僕はコーラを汲んで席に戻ります。

僕が入部する以前からあったワンダーフォーゲル部での大きな活動方針を巡る問題とは、乃梨子先輩、貴方をどう扱うかということでした。

貴方は、一年の一学期からワンダーフォーゲル部に入部し、喜撰山の洗礼も易々とクリアし、有望な一年として期待されていました。しかし貴方自身はピッケルやザイルを用いた本格登山にはさほど興味がなく、野山を楽しく歩いて軽く汗を掻《か》くワンダーフォーゲルとしてのトレイルを好むタイプでした。そんな貴方は、一学期の期末試験を終えてすぐ夏休みを利用し、家族でスイス旅行に行った。そして帰国の一日前、チューリッヒ・クローテン空港に向かうバスが後ろから暴走してきたトラックに追突されて横転、家族は軽傷で済んだのでしたが貴方だけがドア近くの席に座っていたせいで、壊れたドアと車体に身体を挟まれ、救出されはしたものの、骨が砕けた右脚を鼠蹊部《そけいぶ》から切断しなければならなくなった。

チューリッヒの病院では最低限の処置を施し、日本に戻ってから入院、検査、そして切断となり貴方は義足を装着するようになりました。ですから義足で歩けるまでの歩行訓練を含むリハビリ期間も必要で、二学期といっても貴方が登校し部活に顔を出したのは九月の終わりだったのだそうです。

「義足って先ず仮のものを拵《こしら》えて歩行訓練、慣れてきたら本義足を作るんだって。乃梨子は子供の頃からハイキングなんかで足腰を鍛えてたから、通常の人よりリハビリ期間が短く、かなり早く本義足に変更出来たらしいんだけど、それでも切断してから、一人であそこまで歩けるようになるには約三ヶ月は掛かったんだよね。

義足も日進月歩の進化があって、パラリンピックの選手が装着しているようなスポーツ義足の他、膝の動きをコンピュータが制御して、慣れれば階段の昇降なんかも健常者と変わりないように観せられるものもあるそうなんだけど、ひとまず、今の義足で乃梨子はいいらしいの。女性の場合、膝継手部分にフォームカバーを被《かぶ》せ、オーバーニーのソックスなどを履いて貰えば目立たなくすることも可能ですともいわれたそうだけど、別にいいです――と、乃梨子は断っちゃったんだよね。

特に深い理由があって、あの如何《いか》にも義足ってのにしているのでもないみたい。彼女って、結構、性格がザツなのよ。『nicola』を読んでLovetoxicを着てるのもポリシーがあってのことじゃなく、ザツだから小学生の時に与えられたものをそのまま継続させてるだけなの。下着もGUNZEしか持ってないし。

お金の問題でいい義足を着けないのでもない。だってめっちゃ、金持ちなんだから。事故に遭ったスイス旅行もさ、マッターホルンやユングフラウなどの名山を鉄道やハイキングで満喫の八日間というシーズンオフでも一人、最低五〇万円は掛かる豪華ツアーだったの。それに家族で参加したのよ」

九月になって部活に顔を出した貴方は、「こういう脚になりましたが、部活は続けたいと思います」といいました。

無論、片脚が義足では無理だと、誰も貴方に伝えることはやれません。山野を歩き、自然を愉しみながらそこで心と身体を鍛える青年達の活動――がワンダーフォーゲルなのですし、それは活動範囲に制約が付くものの車椅子でも参加が出来ます。

さりとて実質、義足を得て歩くことがようやく可能になった貴方を以前と同様に活動させるのは困難。特にハードな登山志向の部員は、貴方が部に居座るのを快く思いませんでした。貴方のハンディキャップを考慮しての活動では、自分達の練習メニューに支障をきたす。それでも、その脚で部に残られると迷惑だ、マネージャーとしてなら別だけど……と口にする者はなかったのです。ワンダーフォーゲルをする者は爽やかでなければならないから！

爽やかさを第一とするなら「そんな脚でも容赦せず今まで通りビシバシ行くぞ！」と先輩達は微笑み、「沢山歩くだけがワンゲルじゃないもの。自分のペースで行きましょう」と同級生は肩を叩《たた》き、後輩は「ここまで野山を愛し続ける先輩を尊敬しちゃいます、ファイト！」と激励するしかありません。

只《ただ》、顧問の先生だけは貴方の言葉を深刻に受け止め、ソツのない対応でなく、正確な対処をしなければとかなり、頭を悩ませたようでした。そして、貴方がどれくらい歩けるかを実際に観て、親、担当医の許《もと》にも話を訊く為、足を運び、結果、条件付きなら部に残っていいとの判断を伝えました。条件とは活動を大吉山に限定する。もし一歩でも朝日山に踏み入れることがあれば即、退部——というものでした。

「指導に熱心じゃない幽霊顧問みたいな先生だけど、筋は通ったことというのよね。部員と顧問じゃ立場が違うから、ワンゲルは爽やか——なんて精神論でお茶を濁せないんだろうけど。

一緒に頑張ろう——といいつつ、殆どの部員は乃梨子に腹を立ててたわ。登山組も含め、ワンゲルをやる者にとってスイスのアルプスは聖地中の聖地。そこに家族旅行としてあっさり行っちゃうんだから。どんなに爽やかな人間でも嫉妬しちゃうわよね。内心、事故をいい気味と思っていたりもする。でも爽やかさ優先でおくびにも出さない」

里美先輩は店員さんを呼んで、グラス以外の食べ終えた食器を下げてくれるよう頼み、カリッとポテトを再度、追加注文、僕を見詰めました。

悪い目付きの瞳の奥に、「ほら、私のグラス、空じゃん」というメッセージが読み取れたので、自分のグラスと共に持ち上げ僕はまたドリンクバーに行きます。

「コーラでいいんですよね」

自分は野菜ジュースに変えたグラスを持って戻った僕に、里美先輩は、

「カリッとポテトにはコーラよ」

当然の如くいい、話を再開しました。

「乃梨子みたく脚にハンデを持ってしまうと大吉山ですら安全ではないわ。だけどあの山なら不測の事態が起こった場合、救援を呼べるでしょ。車も頂上まで上がって来られるし。朝日山もコースに拠《よ》って危険ではないと思うかもしれないけど、事故が起きた場合、すぐに救助部隊が入って来られない。私達は実際に自分が脚を太腿から切断してそれを義足で補うことがどういうことなのか知らない。鼠蹊部に装着したソケット部分が損傷し、義足そのものが歩行の足枷《あしかせ》になる事態が起これば、どれ程の影響が出るか、私もあんたも想像がやれないわよね。平坦な道ならタクシーを呼べる場所まで交代で背負っていくことも可能だろうけど、大吉山クラスのハイキングコースでも、それは恐らく出来ないじゃない。

顧問が乃梨子の活動範囲を大吉山に制限したのは適切なのだと思う。乃梨子もそれに関して不平をいわなかったし、いわれた通り決して尾根伝いの、なだらかエリアとはいえ朝日山には踏み込まないし。ま、私はあの可愛い歩き方を傍《そば》で眺めていられるなら、大吉山でも平等院側の宇治川の岸辺にあるあじろぎの道の散歩でも何でもいい

のだけれどね」

大吉山限定と定められた貴方は、自動的に常に部活に於《お》いて登山組と交わらぬ活動をするしかなくなります。登山組とワンゲル派の境界が曖昧だった時は、大吉山の頂上までは一緒にわいわいとのぼり、頂上に至ってからそれぞれのコースに分離するが多かったのですが、各チーム、スタートから別行動をとるようになってしまいました。

「決して悪いことじゃない」――と里美先輩はいう。速い者が極端に遅い者に歩調を無理に合わせると、不自然な筋肉の使い方をしてしまい故障するからだと、里美先輩は僕に説明をしました。

「私、中学の時、バレエ部だったから解るんだけど、激しいジャスダンスよりバレエのゆっくりとした動きの方が、筋肉への負荷は激しいんだよね」

次第に登山組とワンゲル派を行ったり来たりしていた部員の殆どは、登山派閥として部の中核的役割を担うようになり、登山組に移行しなかったワンゲル派は軟派と位置付けられるようになってしまいました。そして年度が改まり、幾許《いくばく》かの新一年が入部してきてからは、山岳を志す者以外は喜撰山の洗礼を受けなくていいことになり、部内では剛力部長の登山派閥と、副部長である里美先輩のワンゲル派閥の冷戦構造が明確に顕在化するようになったのです。

「とはいえ、そのバチバチの対立を先頭で煽《あお》った剛力なんかは、誰よりも率先して乃梨子に、調子はどう？　同じ三年なんだし協力出来ることがあれば気軽にいってよ、相談に乗る——と白い歯を大袈裟にみせて毎回、話し掛けやがるのよね、腹立たしい。あいつ、ホエイプロテインやソイプロテインの他に、爽やかプロテインなんて非合法なものを摂取してるんじゃないかしら？

そんでもって私には、副部長として義足である彼女のサポートに徹する君には何時も頭が下がるよ、でも自分の活動を犠牲にするのはどうかな、最近、目付きも少し悪いし——とか、わざわざ新入部員がいる前でいうのよ。目付きが悪いのは生まれつきだわよ。

それに私は同情だとかワンゲル精神の根底にある爽やかさから乃梨子と一緒にいるんじゃないいんだから。乃梨子の可愛さを愛《め》でていたいだけなんだから。でも剛力のような男に、乃梨子が義足でぎこちなく歩く姿が可愛くて——と真実を述べれば、ここぞとばかり爽やかな正論を振り翳《かざ》し、そういうのってハンデを乗り越えようとしている人に対し失礼だと思うよ、とかいうに決まっているのよ」

「乃梨子先輩を美形と崇《あが》めるのも、ギクシャクした歩行が可愛いと崇めるのも、同じなんですけどねぇ……」

「そうなの！　源治善悟郎——あんた、やっぱりシスターボーイだわ！　それも最上のシスターボーイ。今度、こっそりお気に入りの Melody BasKet の立ち上げの名作、音符柄ジャンスカを貸してあげるわ。SNIDEL のパンツが入るんだから余裕で着られるでしょうよ」

「滅茶苦茶《めちゃくちゃ》、嬉しいです」

「ヘッドドレスも貸してあげるわ」

「それは……不必要です。持っているので……。普段は付けませんけど、Melody BasKet のクリップ式ヘッドドレス、あれって革命的ですよね。つい、買わずにはいられませんでした」

「何で持ってるかなぁ……。まぁ、いいや。兎《と》に角《かく》よ、源治善五郎——その前に、あんたは乃梨子同盟を組んだ者として、私に従って貰う必要があるわ。近日、ワンゲル部の中で不当な扱いを受けている者達に声を掛け、私はピクニック部を創設するつもり。あんた、右腕となって働きなさいね」

「ピクニック部ですか？」

「そう、ピクニック部よ」

「可愛いですね」

「そう、可愛いのよ！」

貴方の活動が大吉山限定となって暫《しばら》くしてから、登山組でない部員の集まりを登山組は、ピクニック部と揶揄《やゆ》するようになっていました。

子供でものぼれる大吉山でしかメニューをこなさないのですし、ハイキング部と命名したっていいと思うのですが、敢えてピクニック部と名付ける辺りに爽やかな悪意を感じます。前年までそれは陰でこそこそでしたが、今年度、新入生が入ってきてからは堂々と、部内で僕や里美先輩等はピクニック部と呼ばれるようになりました。里美先輩に拠れば、剛力部長以下、登山組の主力メンバーは新入生が入ってきてまもなく、「どっちを選んでもいいんだけど、ピクニック部にはオカマもいるぞ」と、登山組に非《あら》ずはワンゲル部に非ずを強調したりしたらしいです。

オカマというのは当然、僕のことですよね。うわー、爽やかな癖にお腹の中、真っ黒じゃないですか？　やっぱり里美先輩がいうよう非合法な爽やかプロテインを摂取しているに違いないです。

だから登山組を志願しなかった新一年生は全員、女子だったのか。男子で登山組を選ばなかったなら、消去法でピクニック部の仲間、つまり、オカマのレッテルを貼られることになるのですものね。

僕や里美先輩が、オカマじゃないよ、シスターボーイだよ――いった処で慰めにはならないでしょう。否、もしかすると、更に落ち込まれてしまう可能性だってあるのです。

「登山組以外の全員をピクニック部に入れて、派閥を作りたいのではないの。私とあんたは乃梨子同盟だからピクニック部と蔑まれようが気にしないけど、なりゆきで同類にされて、結構な風当たりを喰らっている部員が数名、いるじゃん？　そういう部員への対処も、一応、副部長としてはしておかないと。

登山組に入らなかった新一年で、黒崎《くろさき》って女のコがいるじゃない？　あのコ、普通にワンゲルが好きなのよ。でも如何《いか》にも文化系って感じがする、おっとりしたコじゃん。そのせいで、剛力達から百合《ゆり》疑惑を持たれてるんだって。私に憧れて、私をお姉様と慕いたくてワンゲルに入部してきたと思われてると、本人がこの前、涙ながらに私に訴えてきたのよ。そういう誤解は解いてあげたいじゃん。私、女性になんて興味ないです。私が好きなのは、剛力部長なのに……あんまりです……と泣かれてさぁ」

「じゃ、黒崎さんは絶対、ピクニック部には入らないですね」

「うん。ピクニック部の創設は、登山組でもピクニック組でもなく純粋にワンゲル活動を愛好する者を救済することに役立つ筈だから。そういう部員が登山組と交流出来ずにいるのは良くないじゃん。登山の知識って持っておいて損はないものだし。少なくともピクニック部ではない、私やあんたとは違うのだという、いわば踏み絵を踏ませてあげるだけでもピクニック部を作る意味はあると思うのよね」

「あの……今更ですが、里美先輩は何故にワンゲル部なんですか？　乃梨子先輩の可愛さに執着するようになったのは、乃梨子先輩が義足を使うようになってからですよね。それまでは普通に接していたんですよね？」
「ワンダーフォーゲルをしている時の爽やかさが好きなのよ。小学校の時に父に連れられて初めて大吉山にのぼったのね。父はかなりベテランのワンゲル愛好家で、兄も私も小学校に上がると同時に大吉山に連れて行かれたわ。母とも大学時代、ワンゲルの活動を通じて知り合ったのですって。

だからうちはワンゲル・ファミリーなのよ。うちにある本の半分以上は、山と溪谷社のもの。『山と溪谷』のバックナンバーは全部、揃ってるわよ。隔月刊で発行されていた『ワンダーフォーゲル』が二〇二一年で休刊になった時、父と母は滅茶苦茶、泣いてたし。

そんな父から、山では逢う人全てに挨拶をするのが礼儀——と、最初のワンゲルで教えられたんだけど、幼かった私は嘘臭い、絶対、無理だと思った。それなのに、あんな緩い山でも登山すると、やって来る人、途中で休んでいる人、自然に大きな声で、こんにちは！　って——いえちゃうんだよね。

ハイキングコースのような山でも山は山。入山してしまうと絶対的な自分の無力さを思い知らされる。山で自然に挨拶が交わせるのは、お互いの孤独と恐怖を確かめ合えるからなんだろうね。言葉を交わし合った数秒後、私は、貴方は、落石で、或いは獰猛《どうもう》な獣に襲われて死んでいるかもしれない、生存を観た最後の人間になるかもしれない暗黙の了解が、挨拶《あいさつ》を交わさせるのだと思う。

最後に逢ったのが爽やかな印象の人の方がお互い、いいに決まっているし、ワンゲルのルールは結構、理に適《かな》っているんだと私は思う。この目付きが悪いのは治せないけどさ」

こうして次の定期ミーティングの折、里美先輩は副部長からの緊急提議というものを出し、六月一日より、ワンダーフォーゲル部内にピクニック部が発足しました。そして、新入部員を併せ全員で十八名の部員は、剛力部長を筆頭にした十二名の登山組と六名のピクニック組とに分離しました。

里美先輩と貴方と僕がいるのでピクニック部が最低でも三名を満たすは最初から解っていたのですが、二年から一名、一年生から二名——春野《はるの》、春崎《はるさき》、中学生の頃からの仲良しコンビだという——女子部員達がピクニック部に入ると表明してくれたのは、意外でした。

多分、ピクニック部といわれても内容がイマイチ解らないし、里美先輩が「別にピクニック部になってみたけど、やっぱりちゃんと本格的なワンゲル活動がやりたいと思ったら、何時でも辞めてくれていいから」といったのが上手く働いたのでしょう。

僕以外の男子部員はもれなく登山組です。

剛力部長を慕う一年の黒崎さんのように、本格登山のメニューはハード過ぎて、でもピクニック部は……という者は、結局、登山組の所属。登山組から初歩的なメニューを与えられることとなりました。

ピクニック部を希望した春野、春崎ペアは、山ガールに憧れていたという春野さんが「じゃ、私はピクニック部にします」というと、春崎さんの方も迷わず「じゃ、私も」と手を挙げてきた。

二年でピクニック部を希望した高木《たかぎ》さんという女子は、どうやら里美先輩に密《ひそ》かな好意を抱《いだ》いている……みたいでした。普段から親密な貴方と里美先輩が、ピクニック部なんてものを拵《こしら》え、更に蜜月状態を深めれば、自分はすっかり圏外に置かれてしまうと思ったのかもしれません。

僕達、ピクニック部は貴方が大吉山限定と活動を制限されているので大吉山にしかのぼりません。靴は登山組と同様、多少、高価で本格的な mont-bell のトレッキングシューズを履きますが、後は特に服装等に決まりはなく、皆、かなりの軽装です。頂上までの道を間違うことなぞ大吉山のコースではあり得ないので各自、自分のペースで山頂を目指します。

貴方はまだ大吉山でも傾斜を義足でのぼるのが苦労なのでしょう、途中に設置されたベンチなどを用い、幾度も休憩を取りながら、一番最後に頂上に辿り着きます。

大吉山の頂には屋根と広い木製ベンチのある展望台があります。そこからは宇治川、そして平等院などが観《み》トろせます。しかし僕等はそこではなく、もう少し先、朝日山へと続くルートのぎりぎり手前にある、茶色で木製に見せかけているけれどもコンクリート製の、テーブルとその前後に三人掛け程度の横幅のベンチが据えられている場所を頂上の拠点としています。

展望台の方のベンチは一般の人達が使い易いよう配慮されていますので、僕等が占領するは憚《はばか》られる。それよか座り心地などはよくない簡素なテーブルとベンチの方が気兼ねしなくていい。それにこちらの方がトイレに近い。ハイキングコースとして整備された山頂なので、掃除も常に行き届いた男女別のそれは、個室もちゃんと洋式です。顧問の先生はこのトイレが洋式であるのも見学して、貴方の活動を大吉山限定にしたのだろうと里美先輩はいっていました。

頂上で休憩したら後は下山ですが、僕達はピクニック部なので頂上で必ず、ランチをとります。

ランチの用意は僕の担当です。「あんた、あれだけのカヌレを作れるんだから腕に自信はあるんだよね」、里美先輩に凄まれ、僕は否《いや》が応《おう》でもその任を引き受けなければならなくなりました。――否、押し付けられたのは事実ですが、意気揚々と、僕は毎回、頂上でわいわいいいながら食べるランチを、拵えています。

料理は好き。それに合法的に僕の料理を貴方に食べさせることがやれるのですもの！　こんな素晴らしい任務はありません。

　小粒の苺《いちご》にグラニュー糖を絡めて三個ずつ串に刺した、パリパリ食感が愉しい苺飴《あめ》、研究の末、メレンゲのふわふわ感とマカロナージュの艶出しにはかなりの自信を持つ色とりどりのマカロン、『赤毛のアン』に登場するレシピが書かれた本を読んで拵えた果汁たっぷりの木苺パイ、そして進々堂のプチ・サヴールを用いたサンドウィッチ──。それらをアン・シャーリーのピクニックよろしく籐《とう》のバスケットに入れ、僕はピクニック部の活動に参加します。

　料理は作らないけれども、里美先輩は僕のランチメニューを盛り上げる為に、何時も赤いギンガムチェックのピクニックマットを持ってきてくれます。

　テーブルの上にそれを敷き、バスケットを囲めば、ここが宇治の大吉山だなんてことをすっかり忘れてしまいます。飲み物だけは各自が持参するスポーツドリンクで我慢しなければなりませんが、

「本当、森の中でのピクニック！　お伽噺《とぎばなし》の世界にいるみたい！」

　一年の仲良し組の二人は、毎回、常に驚嘆の声を上げてくれます。里美先輩に気のある高木さんも、料理は僕の手柄、愛《いと》しの里美先輩はマットしか用意出来ないのでさぞかし、貴方が里美先輩への株を下げているだろうと北叟笑《ほくそえ》むのか、

「美味《おい》しいし見栄えもするし可愛いし、源治君って頼もしいわよね。ね、ね、そう思

いますよね？」

貴方に、僕をせっせと売り込んでくれます。

僕達はランチをした後も、結構、長時間、だらだらとお喋《しゃべ》りに興じます。

「ピクニック部がこんな素敵な部活と知ってしまったなら、もう何があっても登山組へなんて入れないですよ」

「向こうは倒れた樹《き》の根の上に腰掛けて、乾パンくらいしか食べられないんですものね」

「あの……里美先輩。先輩って普段はロリータって、本当なんですか？」

「そうよ、この人、学校ではこんなふうに男っぽいのに実はロリータなの。私にそんな服を着させようとしたこともあって、その時は参ったわ」

春野さんと春崎さんが交互に繰り出す質問に対し、里美先輩のその話題になると、普段は口数が多い方ではないのに、貴方は急に饒舌《じょうぜつ》になります。

「だからピクニック部を作るっていい出した時は、慌てたわ。こういうバスケットを持って、麦藁《むぎわら》帽子とかを被って、ヒラヒラの服で山登りをする企てと思っちゃったから」

「乃梨子先輩なら絶対に似合いますよ」

「うん、絶対、似合いますよ」

「可愛いとは思うんだけど……。自分が着るとなると一寸ね。ほら、そういうのを着ているると、ロリコン男性の餌食になりそうじゃない？」

「そこは、唯一のピクニック部の男子の源治先輩にお訊きしたいです。先輩はここにいる女子の誰よりも可愛いものが好きですよね？」

「やっぱり、男子の本能として、ロリータのお洋服を着ている女子を観ると興奮しちゃうんですか？」

「どうかなぁ……。少なくとも初めて外で逢った時、里美先輩は僕も大好きなMelody BasKetというメゾンのとても可愛くてロリロリしたお洋服を着て来て驚いちゃったけど、里美先輩に興奮はしなかったなぁ」

「源治善悟郎——あんたねぇ。それって私が似合ってなかったといいたい訳？」

「違います。似合ってましたよ。里美先輩は背もあるし、顔立ちもいいし、モデルさんみたいでした」

「じゃ、今度は現役でロリータ張ってる里美先輩に質問です。確かに乃梨子先輩がいうようにそういう格好をしていたら、ロリコン男性から厭らしい眼、欲望の対象として観られることがありますよね？」

「どう対応するんですか？　あ、もしかしてその異常なまでの目付きの悪さって、警戒姿勢が板に付いて最早《もはや》、矯正出来ないからとかですか？」

春野、春崎ペアの質問に、里美先輩は不貞腐《ふてくさ》れるような声を発しました。

「後輩の貴方達に対してもそんなに私の目付きって悪い？　ピクニック部を希望してくれた後輩ちゃん達……と、何時も愛ある眼差《まなざ》しの筈なんだけど」

「悪いわよ。これだけ長くいる私ですら、今日、機嫌悪いのかなと毎回、思うもの」

貴方があっさりと告げたもので、里美先輩以外のピクニック部は涙を流しながら笑い続けました。そして、里美先輩の回答を待ちました。

「ロリコンの男性がロリータな女子を観て欲情しちゃうのは仕方ないだろうと、私は案外、寛大よ。だけど単にロリータというだけでエロい対象として扱われると、やっぱり苛《いら》っとくるかな」

皆は理解しかねる怪訝《けげん》の表情で首を捻りました。

自分の言葉足らずをどうすればいいのか解らない里美先輩は、僕をあからさま、あんたの責任といわんばかりで、睨みます。

「レースクィーンに欲情するのは仕方ない。でもレースクィーンというだけで恋愛の対象にされたら、この格好が似合うなら誰でもいい訳？　彼女達も気を悪くする。同じようにロリータな里美先輩に欲情するのは問題ないけど、今日のようにロリータを着ていない時の里美先輩には興味ない場合、ロリータも自分自身も両方、否定された気分になる……みたいなことを、里美先輩はいいたいのではないかと思います。皆だってJKというだけで食い付いてくる男は嫌でしょ？」

「源治善悟郎——流石《さすが》、あんた、ピクニック部専属料理番だけのことはあるわ。この丹精込めた全てのご馳走《ちそう》が、私達の為にではなく乃梨子に食べて欲しいから作られたものだとしても、赦してあげられるわ。仮令《たとい》、シスターボーイであったとて、貴方の愛は本物よ！」

「え、源治先輩って、乃梨子先輩のことが好きなんですか？」

「異性として？　それとも同性として？」

　春野さんと春崎さんが眼を丸くするのを観て、高木さんが、窘《たしな》めるよう大人びた口調でいいました。

「そういうのを訊《たず》ねるのは思慮と爽やかさに欠けるわよ。ピクニック部である前に私達はワンゲル部よ。部内の事情で一年生の貴方達は入部してすぐピクニック部になったけれども、ワンダーフォーゲルで最も大事なこと、それは、爽やかさ——なの。これを肝に銘じておかないとね」

　こうして僕達のピクニック部は毎回、充実した活動を大吉山で行いました。夏休みには函館山《はこだてやま》のトレッキングコースを歩く合宿と称し、北海道の山荘で六日間、バーベキューをしたりロープウェイに乗って夜景を観に行ったり……。無論、登山組は部活じゃなく単に遊びだとあからさま、僕等を非難しましたが、部費を一切使わず、費用は全て貴方の両親が出してくれたので肩を窄《すぼ》める必要はありませんでした。やがて、二学期が終わり、三学期、貴方達三年生は早い人では一月の中頃からもう余り学校には来なくなります。学校の規則で週に一度はホームルームへの参加が義務付けられてはいるものの、三月の卒業式までは自由登校。

ワンダーフォーゲル部の三年生も次期新部長候補の二年生を決定させると、部活にほぼ顔を観せなくなります。里美先輩は東京の大学に十二月、いち早く推薦入学を決定させましたが、共通テスト組の貴方が一月半ばまでちょこちょこ、学校に足を運ぶ日程に合わせ登校、ピクニック部にも参加していました。

僕は今年も貴方にバレンタインディのチョコを贈ろうと思っています。二年になり、ピクニック部として貴方と一緒にいる時間が一年の頃に比べれば圧倒的に増えたのだけれども、僕は結局、余り貴方と私的な会話をする機会を得られませんでした。貴方が僕に嫌な感情を抱いていないのは、里美先輩から聴かされるまでもなく承知していましたが、貴方の可愛い歩き方を目撃してしまうと、不必要にときめいてしまって、心臓が高鳴りやはり、上手く話し掛けられないのです。

一度、僕への計らいで、サイゼリヤで里美先輩と逢っている時、里美先輩が貴方を呼び出してくれて、三人でお茶をした時も、僕はマヌケな程にありきたりな遣《や》り取《と》りしか貴方と出来ませんでした。

里美先輩はそんな僕が面白かったのか、悪い目付きのまま半笑いを堪えていましたが、

「乃梨子、ドリンクバーで三人分、新しくアイスティー入れてきてよ。こいつに行かせてもいいんだけど、実は今日、源治善悟郎は誕生日なんだよね。だから先輩ながら乃梨子が動きなさい」

――と貴方に命令しましたよね。憶《おぼ》えていますか？

あの時、里美先輩は一人分ずつしか運べない貴方がドリンクバーを三往復する姿を、僕にプレゼントとしてくれたのです。

「乃梨子は零《こぼ》さないように運ぶことに集中しているから、こっそり動画撮ってもバレないよ」

耳打ちされましたが、そんなことはしませんでした。

動画を撮る暇があるなら、この眼でちゃんとその可愛い歩き方をずっと観ていたかったから……。

貴方が、三年生も全員揃う最後のミーティングで、

「来季の新部長を登山組から出すのに異議はないですが、副部長には源治君を推薦いたしますわ。ピクニック部を存続させるかどうかを別にして、ピクニック部を通じ、彼が同級生や後輩にどれだけ配慮し人望を持つかを間近で観てまいりましたから」

と、いってくれたのは本当に嬉しかったです。結局、ピクニック部全員の票が入ろうが多数決では勝てず、残念ながら副部長になれなかったですけれどね。

今年の貴方へのバレンタインチョコはカヌレではありません。ピクニック部のランチとして毎回色々と用意していくうち、貴方はそれよりチョコ味ならくるみとチョコチップを入れ、生地にミルクとビター、二種類のチョコを練り込んだ濃厚なパウンドケーキの方が好きだと知ったので、それを作ります。

何時、貴方が登校するのかが解らないので、二月十四日の朝、貴方の下駄箱にこっそりと入れておきます。添える千代紙の栞の裏にZ・Gというイニシャル、そして箱には赤と白のドット柄のチロルテープを蝶結びして掛けます——。

乃梨子先輩、貴方のことが大好きです。貴方が可愛いから、僕は貴方が大好きです。

Ⅱ　乃梨子先輩からの手紙

学生時代はほんの僅かな時間に過ぎない、苛《いじ》めに遭っていようが卒業すればそのメンバーと顔を合わせる機会はなし、絶望する必要はないという人達がいるじゃない？　そんなことをいう人は、苛めを受けた経験がないのだと、私は断言するわ。もしあったのだとしても、それこそ絶望に至るような深刻なものは経験しなかったんじゃないかしら。

源治君――いきなしご免なさい。こんな内容の手紙の送り主を、私は君しか思い付けなかったの。

君は私が二年の時も三年の時もバレンタインディにチョコをくれたし、少なくとも在学中はずっと私を慕っていてくれた。だから源治君なら大丈夫かなと、甘ったれてしまったとでも思って下さい。

卒業して半年が経っちゃったね。里美は東京の大学に行ったし、連絡は途絶えたようなもの。近郊の大学に進学した中で親しい同級生がいないでもなかったけど、それぞれに進路を違《たが》えてしまうとやはり縁が切れてしまうわ。私にしろ、もう君達と過ごした高校生活、というか主にピクニック部での出来事は遠い過去に封印された記憶のようだもの。夢って起床した瞬間は明瞭に憶えているけれども、歯を磨いて、朝ご飯を食べて家を出る頃には、あらすじすら曖昧になっちゃうじゃない。それと似ている気がする。

私が源治君のこの住所を知っているのを不思議に思うかもしれないわね。

実はピクニック部の中で唯一、まだ交流のある人がいるの。君と同学年の高木さん。彼女、里美の信奉者だったじゃない？　だけど里美が東京に行っちゃってから何故か、事あるごとに私に連絡を寄越すようになったの。私も大学生になったとはいえ実家暮らしのままだし、お茶しましょうとかご飯、行きませんかと誘われると、断り切れなくて、偶《たま》に逢うことがあるのよ。この前なんて二人でイオンモールのＴ・ジョイで映画を観て、後、フードコートでご飯を食べて、三階のLovetoxicを覗《のぞ》いて、二階のFrancfrancではお揃いのクッションカバーを、買ってしまったわ。乃梨子先輩、これ、絶対に可愛いですよと半ば強引にいわれ……。あの人って、百合なのかしらね？

だからワンダーフォーゲル部の次期副部長には源治善悟郎君を——と、私が推薦しておいたのに、多数決で君が副部長になれなかったことも聴いているし、その後、ピクニック部にいた二人の後輩部員に「ピクニック部が廃止されるならワンゲル部にいる意味なんてない。源治先輩、一緒に退部して、また愉しくピクニック部をやりましょう」といわれ、君が高木さんを含む彼女達と同時に退部、四人でピクニック同好会を発足、未だ、大吉山にのぼっているのも、知っているの。

相変わらず、籐のバスケットに凝った手作りのお菓子やサンドウィッチを詰め込んでいるそうじゃない。

源治君――。別に私はピクニック部の存続なんて望んではいないし、嫌なら止《や》めてもいいんだからね。高木さんの話だと、最近の君は木型を用いて作る落雁《らくがん》だとか、自分で小豆《あずき》を漉《こ》すところから始める、甘さを抑えたあんこを蜂蜜がとろっとろの生地で包んだどら焼きなんて和風のものにまで手を出しているそうじゃない。まぁ、君も腕が振るえて愉しいのなら構わないけれども……。あの二人の後輩は、ワンゲルはおろかピクニックすらどうでもよく、君の渾身《こんしん》の料理を堪能したいだけじゃないかと怪しんじゃうのよね。

もし君がお菓子を作る歓《よろこ》びや誉めてくれる人の声に惑わされ、ベクトルを間違った方向に使ってしまっているならば、一旦、冷静になってみてもいいと思うよ。高木さんも少し心配していた。「うちの家政科部って、全国高校生料理コンクールで毎年入賞するくらいレベル高いんだし、そっちに入った方が源治君の為にも、将来の日本の料理界の為にもいい気がするんです。ピクニック部で作る料理って山に持って行けるものに限定される訳ですし」……と。

とはいえ、偉そうに伝えられないのだけどね。私だってベクトルを間違え、右脚が義足になってもワンダーフォーゲル部を辞めないと言い張って、結果、里美や君にピクニック部を創設させちゃったんだから。

私も里美同様、親の影響で子供の頃からワンダーフォーゲルに親しんできたのだけれど、義足になってまでワンゲル部に居続けるつもりは、なかった。ワンゲルは一人でも出来るんだし、部に執着する必要なんてないもの。でも、約束しちゃったんだよね。仮義足を着けてリハビリテーションセンターで歩行訓練をしている時によく一緒になる男のコと。

そのコは逢った時、小学校五年で、私より一年くらい前にやはり右脚を切断することになって義足を着け出したんだけど、なかなか歩くことが上手くやれず苦労していたの。

義足って脚の代用品な訳だから、掛かる負荷も大きいの。だから大体、三年くらいで新しいものに交換するのよ。激しい運動をしなくても、ソケットを装着している部分の筋肉が義足で歩行するが故に発達し過ぎて取り替えなきゃならなくなる場合もあるし、体重が増えて義足に設定以上の荷重が掛かるようになり、交換を余儀なくされる場合もある。

よく勘違いされるんだけど、そういう消耗品みたいなものだし、私達は寝る時なんか、義足を外しているのよ。カツラの人は寝る時、カツラを外すじゃない。それと同じなの。だからリハビリテーションセンターでは、義足での歩行訓練もやるけど、義足を装着していない時の訓練もやらされるの。手を床に衝《つ》いて、座った姿勢でまだ使える脚と腰で移動する術《すべ》を習得する。これで家の中を或《あ》る程度動けるようになると、おトイレやお風呂も一人で行ける。だから、義足での歩行訓練が億劫《おっくう》になる人も出てくるんだって。どうしても外出しなきゃいけない時は車椅子でいいし、わざわざ義足で歩けるようにならなくてもいいじゃん、どうせ、元の身体に戻れる訳じゃなし……と、思ってしまうのかもしれないわよね。

もし着ける本義足が一生、そのまま自分の脚代わりになるなら違うかもしれないけど、毎回、着けたり外したり、そして数年したら交換しなきゃいけない義足に愛着なんて持てないしね。

私が知り合った男のコも、そんな感じでどうしても義足での歩行訓練に熱心にはなれなかったんだって。まだ成長期で、私なんかより義足の調整や交換頻度が高いのも原因としてあったでしょう。自分では歩行訓練に熱心なつもりなの。でも通常の熱心さでは義足を義足だと思わせないくらいスムーズに操れるようになんてならないわよ。

「お姉ちゃんは、まだ義足になって間もないのに、どうしてそう上達が早いの？」

リハビリテーションセンターで話すようになって暫くして、そのコが訊ねてきたから私は何の気なしにこう応えたわ。

「昔からワンダーフォーゲルをやってたし、普通の人より足腰が鍛えられていたんでしょうね。それにまた歩けるようになってワンゲルをしたいし。学校でせっかく入ったワンダーフォーゲル部にも二学期、まだ一度も顔を出せてないし……」

そしたら、そのコが吃驚《びっくり》したように訊き返してきたの。

「お姉ちゃん、歩けるようになったら、その部活に復帰するの？」

私、その時につい、頷いちゃったのよね。

部の皆にはこの脚で流石《さすが》に一緒に部活は迷惑を掛けちゃうから退部します、でもこれからも自分のペースでワンゲルはやって行きます——というつもりだったんだけど、その場のノリでワンダーフォーゲル部に復帰したくて辛いリハビリを克服しているカッコいいお姉ちゃん設定にしてしまったの。そのコがなかなかリハビリを上手くこなせていないのを知っていたし、明確な目標があればスムーズに行くものよ、というのを教えて役に立ちたい気持ちも、あった。

実際、その後から彼は、この動作をすると身体のバランスが崩れるとか、自分で自分の上手く歩行がやれない部分を理学療法士さんにいって、改善策を積極的に見付けてサポートして貰うようになったし、義足を今までより上手く扱えるようになっていったの。そしたらさ、私としても学校に登校出来るようになったなら、退部届けを出せないいじゃない？「こういう脚になりましたが、部活は続けたいと思います」と、いうしかないじゃん。でもって、顧問の先生がそれは無理だといってくれれば渋々、諦める段取りが取れたのだけど、あの顧問、色々と調べて大吉山限定なら問題ないというし、更に里美は君と組んで、ピクニック部を立ち上げてくれちゃうし……。

源治君、この結果を踏まえて私は君に、ベクトルを間違えた頑張りは、自分自身にも周囲の人にも良くない結果を齎《もたら》すと、忠告したく思うわ。

否、ピクニック部自体は本当に愉しかったし、あって良かったと感謝しているのよ。だけど、もし君が私や里美の意思を引き継ごうと、食だけが目当ての後輩達にご馳走を振る舞い続けているのであれば、やっぱり頑張るベクトルは修正した方がいいなと……。まぁ、自分では解らないのよね。この頑張りが有効なベクトルなのか無用なベクトルにあるものなのかということは。

私、思うのよ。多分、殆どの人は頑張っている。でも、頑張り方を間違っている場合が多いから、上手く結果に結び付かないんだと。それを無駄な頑張りとして片付けるよう割り切り、効率良く頑張らねば——と受験の先生のような諭《さと》しをしているのでもないの。只《ただ》、自分は頑張ると大体、ベクトルを間違えちゃう傾向にある――のを心得ているのと、いないのでは、かなり違ってくるのかなって。

　私、大学に入って、自分がこの歳《とし》で『nicola』を読んでLovetoxicを着ていることのヤバさに、ようやく気が付いたの。こりゃ、里美の意見が正しかったと恥じ入り、年相応の格好を心掛けるようにしたの。でもって、ANAPなら問題ないだろうと思ったんだけど、高木さんに指摘されて更に恥じ入らされたわ。私、ANAPはANAPでも、ANAP GiRLのラインしか買ってなかったらしいのよ！「それじゃ、Lovetoxicと大差ないです。年齢層そのままにギャル化したとしか思えないです」――と冷静にいわれて。無理して『non-no』とか読んで、ANAPなら着ていい訳ねと思ったら根本的にベクトル、間違っていたみたい。

　だってネットではティーンズラインって書いてあったたし、ANAP GiRLが子供用だなんて思わないじゃん。単にANAPのセカンドラインだと思っちゃうじゃん？　後で違うといわれても困る訳よ。

　なので、もうお洋服に関して私は、無駄な頑張りをしないことにしました。大学生でLovetoxicの何が悪いと開き直ったわ。安いし可愛いし、最強よ、Lovetoxic――。後、『nicola』も。

　そもそも、そのコと喋るようになったのも、私がFILAとコラボしたLovetoxicのセットアップのジャージをリハビリの時に着ていたからだもの。Lovetoxic は人と人の縁まで結んでしまうくらいに偉大なのよ。

「お姉ちゃん、大人なのに何でラブトキ、着てるの」

「失礼ね。大人じゃないわ、高校生よ」

「高校生もラブトキ着るの？」

「今、最先端のＪＫは皆、ラブトキよ」

そんなのがキッカケだった。源治君、嫉妬しないでね。私、ショタじゃないし、その男のコを恋愛対象として意識したことはないんだし。でも彼の方が、きっと自分より抱える精神的な苦痛は大きい、それを乗り越えようとしてるんだと思うと、素直に彼に尊意のようなものを感じた。

女子は高校生の頃が人生のピーク、それから先は晩年と称していいくらいだけど、男子で小学五年生なら、まだ蕾《つぼみ》すら付けてない桜の樹みたいなものでしょ。終着駅が観えている者と始発駅の改札を潜ったばかりの者では、映る世界の景色は全く異なると思うんだよね。

理学療法士さんが同じだったこともあってそのコとは曜日や時間帯が同じで、退院してからもよくリハビリテーション室で逢ったわ。彼は私のことをラブトキのお姉ちゃん——と呼んでいた。私は彼を苗字《みょうじ》で呼んだし、自分の名前も教えたけど、名前を口にされることは一度もなかったわね。自分でいうのは憚《はばか》られるけど、私、そこそこに容姿がいいから、小学五年生男子としては、年頃だし、照れ臭かったのかもしれない。

本義足を着けて暫《しばら》くは定期的にリハビリテーション室での訓練に行っていたけど、ピクニック部で源治君達と北海道合宿をした頃には、月に一度程度、訪れて、義足の調整をするくらいでよくなった。当然、そのコに逢う機会も減った。全然、姿を観なくなった時期もある。

心配になって理学療法士さんに訊ねたら、数ヶ月、来ていないんだという。

「小学校から中学校に上がる時期ですしね、通常でも環境が変わるから精神的に不安定になる。身体に欠損を持っていれば尚更ね。周囲もどう接していいのか解らなかったりしますし。いろんなことが噛《か》み合わず、徒労感が蓄積するのはよくあるケースです」

理学療法士さんの情報に拠れば、学校に行かず家で引き籠もることが多くなっているという。

「僕等《ぼくら》は飽くまで理学療法士だから、リハビリの手伝いは何処までもしますけど、歩行訓練をしたくない人にそれを強制するのはやれないですので。僕等は歩きたくない、義足を着けたくない――という意思も尊重しなければならないんです」

でもね、今年の四月、そのコ、またリハビリテーションセンターでの歩行訓練を再開したのよ。

顔を観なくなって一年程しか経ってないんだけど、向こうは中学二年生になっていたわ。もうすっかり顔付きも身体付きも男子中学生よ。詰襟の学生服とか着ていやがんの。生意気ね、厭《いや》らしい。

私が久々の再会に、わーって手を振ったり話し掛けても、「おう」とか「うん」とか、眼を合わせて話さないし。やっと主語と述語のある言葉を発したかと思えば、語尾がですます調で余所余所《よそよそ》しいし……。

だけどこれから先、延々と家の中だけで完結する人生を送ることはやれないし、何処かで無理をしなくちゃと、学校に通えるようまた歩行訓練をすることにしたんだと教えてくれた。

私、スゴくお姉さん振りたくなってさ、

「そうよ、外の世界と接触するかしないかは歩けるようになってから選択すればいいのよ。歩けるけど引き籠もるというのは、戦えば滅茶苦茶に強いんだけど山寺で孤高に隠遁《いんとん》生活を送るお坊さんみたいでカッコいいもの」

とかテキトーなことをいって、

「私なんて大学に入ってから登山部よ。今年の夏は富士山の七合目まで行くんだから」

大嘘まで吐《つ》いちゃった。

そして、

「僕はそこまでの高望みはしないです」

いうから、

「これ、歩くのが上手くなるおまじないよ」

髪に結んでいた——君がバレンタインのチョコのラッピングに使ってくれた、赤と白のドットのチロルテープを解《ほど》いて、そのコの義足じゃない方の左の脚首に結んだの。

「どう、ミサンガみたいでしょ」

「恥ずかしいな」

「補助器具なしで歩けるようになったら取って構わないよ」

「このリボン、大事なものなんじゃないの?」

「うん、大事なもの。でもね、同じものをもう一本、私、持ってるから困らないわ」

「ありがとう。……ございます」

そうだね、源治君——。君に手紙を書きたくなったのは、君が二年、連続でラッピングに使用してくれたあのリボンのうち一本を、こともあろうに全く関係のない男のコの為に使ってしまったからなのかもしれない。

でもくどいようだけど本当に、異性としての対象になんて一欠片《ひとかけら》たりともしてないのよ、そこだけは絶対に誤解しないで欲しい。源治君の気持ちを踏み躙《にじ》るような行為はしないもの。里美は私のことをザツだと思っているみたいですが、私にだってデリカシーはあります。

でもね……。源治君――。

私、もう本当に腹が立って、悲しくて、今、どうしようもないのよ。

そのコ、自殺してしまった――。

それを知ったのは、一昨日の昼。久々、一寸、膝関節に当たるターンテーブル部分の動きに違和感を憶えたから、リハビリテーションセンターを訪れたの。そしたら理学療法士さんに教えられた。

理学療法士さんも詳しい経緯は知らされていなかったんだけど、彼、私と再会して以来、更に積極的に歩行訓練を受けて、瞬く間に補助器具なしで歩けるようになったんだって。学校にも行くようになった。でも体育をやれるまでに義足を操るのは到底まだ先の話だったから、そういう授業は見学だったの。中学や高校って、体育の時間は二つのクラスが合同になって、一組の教室で女子、二組で男子が着替えみたいになるじゃない。それで、自分は見学だし先に校庭に行っておこうと女子が着替えている教室の前を通り過ぎようとした時、急に義足を装着している方の脚が動かなくなって、彼、立ち止まってしまったらしいの。

切断した筈の脚が痛む感覚を、私達は偶に得る。幻肢痛《げんしつう》というのだけど、脳が混乱するのね。それが起こるのと同じような原理で、問題なく動かせていた筈の義足を、自分の脚ではないと脳が否定して、動かす伝達をしなくなることが起こる場合があるらしい。

タイミング悪く、女子が着替えをしている部屋の前の廊下に差し掛かった時、それが起こってしまったの。動かないならと引き摺って歩けば良かったのかもしれないけど、初めての経験に彼も動揺したのだと思う。どうして動かない？　早く元通り動け——と、その場に立ち竦《すく》んでしまった。

そうしている処を横の教室で着替えし終えた同じクラスの男子達に目撃されてしまって……。こいつ、女子の着替えを覗いているぞと大声を出されて……。

当然、着替え中の女子も悲鳴を上げる……。人が大勢集まってくる……。何があったのかと教員が駆け付けたので、彼は義足が急に動かなくなったのを告げた。教員は皆を散らせて、保健室から車椅子を持って来ましょうかと訊ねた。お願いしますといった瞬間、まるで悪意のある魔法が解けたように彼の右脚は動き出した。間の悪いことが往々にしてあると解っていたとしても、クラスの者達は、着替えを覗いていたけれども見付かってしまい、糺《ただ》され、咄嗟《とっさ》、義足が動かない演技をしたとの疑念も同時に抱いてしまうわよね……。

彼が着替えを覗いていたということは、すぐに、あいつは何時も体育の時間になると着替えを覗いていた——という誤情報に入れ替わり、体育では見学をいいことに、女子が着替えた部屋にこっそりと忍び込み、女子の制服の匂いを嗅いだりしていたという、悍《おぞ》ましい憶測まで真実の如く語られるようになっていく。それでも彼は毎日、欠かさず学校に通ったらしい。

多分、また引き籠もるようなことをすれば、濡《ぬ》れ衣《ぎぬ》が事実になってしまうと感じたのだと思う。

それは、彼のプライドが赦さなかった。彼のプライドというより、義足を着ける者としてのプライド——という方が本当な気がする。義足を着ける者のプライド——そんなものは誰も持っちゃいない筈なんだけどさ……。

着替えを覗いた行為を、義足が動かなくなったからという嘘で逃れようとしたと思われることの方が、着替えを覗いていたと断定されることより、彼には耐えられなかったのかもしれない。

彼のそのプライドは、同じく義足を使う私を配慮するプライドでもあった。義足の人はそういう嘘をよく使うと、納得されるのを彼は赦さなかった。そんなプライド、どうだっていいのにね。勘違いされようが、誰の名誉も傷付きはしないのにね。

私なんて、夏に富士山の七合目まで行くとか、嘘ばっか吐いてきたのにね。誰を守りたかったのよ。思春期の男子って、本当に面倒臭いわよ。

彼が自殺した日——。

また体育の授業があった日の放課後、彼の机の中から女子の下着が出てきたの。誰かの穢《けが》らわしい悪戯《いたずら》。理学療法士さんは同じクラスの男子がやったのでしょう、あの年頃の男子はとんでもなく残忍なことを平気でしますからといっていたけど、源治君、どう思う。

——これ、多分、女子の仕業だよね？

体育の時間に下着は脱がないし、仮に脱いだとしても紛失していたらその時点でとんでもない事件になっている筈じゃん。男子が悪戯の為だけに購入していた可能性だってないことはないけど、そこまでして彼を陥《おとし》れる必要ってあるかしら。それに未着用の下着とそうでないものの違いくらい、幾ら中学生でもすぐに察しが付く筈。確かに軽い悪戯心が起こしたものだとは思うのだけど、犯人は同じクラスか、合同で体育をする隣のクラスの女子の数名だと私は考えている。

彼は、自分は身に憶えがないとだけ頑《かたく》なに静かにいい、怒鳴ったり、泣いたりはしなかったそうです。そして翌日、皆より早く登校して、屋上に上がり、柵をよじ登って投身をした。

理学療法士さんは「僕は、屋上の高い柵を越えさせる為に、歩行の訓練をした訳じゃない」と、ずっと、拳を握り締めていた。

校庭に叩きつけられた彼の身体、右の太腿からは義足が外れ、衝撃のせいでしょうね、壊れていた。

そして、左の脚首には、私があげたチロルテープが結ばれたままだった――。

源治君、本当にご免ね――。

こんな内容のものを読まされて、さぞかし気が滅入《めい》ったことでしょう。でも、君なら彼の頑張り、ベクトルを間違えてしまったそれをきっと、愚かだとは思わないでいてくれるよね。

私が義足でもワンゲル部に居残るのを選んだように、里美が私の為に副部長権限を行使し、ピクニック部を立ち上げたように、そして、君が可愛過ぎるラッピングを施したプロ顔負けの手作りチョコを私の鞄に入れたが故、オカマと陰口を叩かれるようになったように……。皆、頑張るベクトルを間違えてしまう。それが故、周囲から迷惑がられたり疎《うと》んじられたりして、自分自身をも消耗させ、傷付け、世界との折り合いを、悪化させていくのよ。頑張れば頑張る程に――。

だけどさ、ベクトルを間違えてしまうからといって、頑張ることを中止して世界との距離を適切なものにしようとする者よりも、私は、源治君――。君のよう、性懲《しょうこ》りも無く無駄な頑張りを続ける者が所有する魂の方が、よっぽど清潔、といおうか、ワンゲル精神の根幹である爽やかさに満ち溢《あふ》れていると固く信じているわ。

私は食欲の為だけにピクニック同好会として参加しているであろう後輩達の為に、落雁やあんこから自分で漉《こ》して拵えるどら焼きなど和の食材の勉強までして、美味しいお菓子を作るに至った君の頑張りを、ほぼ徒労だと確信してはいるのだけれど、でも、これまでのお菓子作りの腕を将来の為に役立てようと軌道修正して、ピクニック同好会を止《よ》して家政科部に入り、将来は日本を代表するパティシエを目標にする君よりも、味も大事なのだけど、可愛くなければ料理に非ずと、如何に完璧なハート模様が描けるようになるか、アイシングの技術を高める為に切磋琢磨《せっさたくま》したり、バレンタインのチョコのラッピングに命を懸ける君の方が、やっぱり君らしくて、源治君らしくて、素敵だと感じてしまう。

死んでしまった彼のことを全く恋愛対象として観ていなかったように、源治君――。君のことはまるで恋愛の対象として捉えられません。

多分、遠くない未来、私だって、未だLovetoxicを着ている義足の身でも、文句をいわないで愛してくれるカッコいい男性と出逢って、交際してしまうのだと思うけど――私、筋肉質で胸板が厚くて、背の高い男性しか駄目なのよ――、かつて、自分がピクニック部にいて、そこでハイ・スペックの、後輩としては最高の、可愛いことが大好きな、シスターボーイの男のコと一緒に過ごしたことは、ずっと精神の奥底に大事にしまったまま、生きていきます。

君が生まれたこと、君が私を好きになってくれたこと、君がバレンタインディのチョコのラッピングに二年連続でドットのチロルテープをリボンとして使ってくれたこと、君がこれからも君であり続けること……。

それらは間違いだとか正しいという規範とは無関係の、絶対的な真理じゃん。

誰もそれを捻《ね》じ曲げることなんて出来ない。

源治善悟郎——と、里美っぽく、フルネームで呼んでみるね。

シスターボーイだけれど、君は誰よりも爽やかだよ。君が恋愛対象の圏外から圏内に移ることは決してあり得ないのだけれど、私は君が好きだよ。

もし君が、この先、間違ったベクトルの頑張りが故、どうしようもなく自分を肯定出来なくなり、息をすることすら苦しくなったなら、一度だけ、キスくらいはしてあげてもいいよ。

ピクニック部のかつての先輩として——。君が憧れてくれた、可愛いギクシャクとした歩き方をする可愛い乃梨子先輩として——。

否、でもあの頃のようにもうギクシャクしていなくて、私の歩き方は最早、可愛くないから、今の君は、私に関心なんて示さないかもね。

最後まで読んでくれて、有り難う。

彼の葬儀には駆け付けることがやれたのだけど、参列しなかった。私は私でこれからも、頑張って、間違えたベクトルのまま、進んでいこうと思う。

そうだ、今更想《おも》い出したけど、高木さんの情報に拠《よ》れば、里美って、東京の大学に通いながら、メイド喫茶でバイトしているんだって。

結構、名の知れたメイド喫茶らしく、ホームページの新人メイド紹介欄に、ヘッドドレスをして顎の前で手を組んだ修正しまくりの顔写真が出ていたのを発見したんだって。あの目付きの悪さで、それはないわよねぇ……。

そのうちバレるかも知れないけど、これはピクニック部の恥だわね。ピクニック同好会の後輩やワンゲル部の人達にはいわないでね。

何やってんだろう、里美――？　ピクニック部の恥だわね。

Z・Gこと源治善悟郎君へ――。

元ピクニック部　乃梨子先輩より

春野さん、春崎さん――新入部員が集まらず、ピクニック部が貴方達の代で消滅してしまうことに関しては了解しました。

不甲斐《ふがい》ない後輩ですみません――と別に謝る必要なぞありません。

そもそもピクニック部は乃梨子の為に、私が三年の時、彼女の熱狂的なファンである二年の源治善悟郎を巻き込み、ワンダーフォーゲル部内でクーデターを起こし、拵《こしら》えたようなものだし……。

副部長権限で、ピクニック部の設立動議を出したなら、源治君と同じく二年の高木さんも入ると手を挙げ、そして、まだ入部ほやほやの貴方達、新入部員一年が二人、加入を表明してくれた。

私と乃梨子の二人が卒業したなら、暗黙、ピクニック部なんて自然消滅するだろうと私と乃梨子は、了解し合っていました。乃梨子は卒業の前に、次期、ワンダーフォーゲル部の副部長に源治善悟郎を推薦したけれども、そこにピクニック部を遺そうという意図はなかった筈です。

単に乃梨子は、源治善悟郎が先輩、同期、後輩への配慮に優れた礼節のある人間であることを、皆に伝えたかっただけだと思います。ワンダーフォーゲル部を牽引《けんいん》していくに相応《ふさわ》しいと判断したのでしょう。

春野さん、春崎さん——礼節というものはね、目上だけに尽くすものではないのですよ。

貴方達も源治君と一緒にピクニック部をやってきたから、少しは理解出来ていると思います。礼を心得ている人間は、先輩であれ後輩であれ、誰にだって礼を尽くす。恩を受けた相手だったり、自分よか肩書きやキャリアが上の人にのみ尽くすものだけが、礼ではないの。

源治善悟郎は自分が三年に上がった後、副部長にはなれず、貴方達二人に、これでピクニック部がなくなってしまうのは嫌ですと泣きつかれた際、貴方達二人の提案に従い、ワンダーフォーゲル部を退部、ピクニック部であった同学年の高木さん、そして二年に上がった貴方達と共に、サークル活動としてピクニック部を存続させることにしたらしいけれど、彼も多分、ピクニック部を継続させることに大した意義は感じていなかったでしょう。

彼がピクニック部を継続させた理由――。それは、卒業していった私と乃梨子に礼を尽くすと共、ピクニック部に入ってくれた後輩の春野さん、春崎さん、そして同級の高木さんに礼を尽くしたかったからなのよ。

自分の心を豊かにしてくれたものに対し深く感謝するから、礼を怠らない。源治善悟郎、あいつが持っている礼節というのはそういうものなの。礼儀とは異なるし、ましてや義理、恩義なんてものとも、それは違う。

源治善悟郎、あいつは寛大でもなく、優しくもない人間よ。只《ただ》、あいつは自分の為に自分の礼節を貫いているだけなの。彼の礼節は身勝手なの。でもまぁ、私は本来、礼節というものはそういうものなのだと思っています。教科書に載っている孔子の『論語』に於ける礼とはかけ離れているかもしれないけれど、どちらを採るかと問われれば、私は源治君の礼の方に共感する。優れてはないかもしれないけど、そちらに賛同の意を表する。

ワンダーフォーゲルとは何か？　それは、山野を歩き、自然を愉しみながらそこで心と身体を鍛える青年達の活動――なのは確かだけど、その遣り方は人それぞれじゃん。ましてやワンゲルに於ける最重要課題の爽やかさなんてものを、定義出来る訳はない。爽やかな悪意もあれば、爽やかな意地汚さなんてものも、きっと存在するのでしょう。

高校を卒業してしまうと、世界が広がる分、そういう一見、矛盾したものに出会《でくわ》す機会も多くなる。社会に出れば更にそういうものと対峙《たいじ》することばかしになるでしょうね。でもだからこそ、源治君が所有する礼節が大事になってくると思うの。相手に対してではなく、自分が自分に対して与える礼節――。これをブレさせなければ、爽やかな悪意や爽やかな意地汚さを前にしても、自分自身を無理に修正したり、穢《けが》す必要はなくなる。

春野さん、春崎さん――礼節はね、この理不尽な世界から自分を守る為の鎧《よろい》のようなものなのよ。世界は、神様は、礼節なんて心得ちゃいないんだから。

大吉山にのぼって源治先輩が用意するバスケットに入れられたランチの美味しさに毎回、うつつを抜かし続ける余り、新入生勧誘という後輩の使命をまるで忘れており、気が付くと源治先輩も高木先輩もご卒業、ピクニック部は私達、二人になっておりました。これではマズい、ピクニック部としての襷《たすき》を絡《つな》いでいかねばと遅まきながら学内の掲示板に『一緒にピクニック、やりませんか？』というビラを貼ってみたりもしたのですが、反応は特になし。といおうか、ピクニック部として活動する一番のメリット、あの手の込んだ、ウルトラ美味しい源治先輩のランチがもうないのですから、誰を勧誘するにも私達の代のピクニック部には売りがなく……と、春野さん、春崎さん――、貴方達のどちらかがLINEで送ってきたけれども、そもそもピクニック部の活動は、山頂で美味しいランチを食べるものではないのよ。ワンダーフォーゲルの一環なのよ。根本的に貴方達は軸がブレていたのです。

そんな二人がどんな襷を後輩達に絡げるっていうのよ？

何人《なんぴと》もピクニック部に関心を示さなかったのは当然の成り行きでしょう。

「せめて、源治先輩が卒業後も京都におられたならランチだけ作って頂くも敵《かな》ったものを……」と、送ってきたのは、どっちだっけ？ 春野さん？ それとも春崎さん？

どっちでもいいのですが、貴方達、源治善悟郎を何だと思っているのよ！

そんなに彼の作ってくれたランチが恋しいならば、百歩譲って、「せめて源治先輩が卒業後も京都におられたならレシピの伝授のみでもして頂けたかもしれないものを……」と、嘆くべきでしょうよ。何故に美味しいランチが用意されている前提なの？

「源治先輩が卒業なさってからは、コンビニで買うお菓子ばかり、嗚呼《ああ》、じゃがりこもカントリーマアムも食べ飽きた」なる暴言もありましたね。貴方達がグループLINEに私を招待したものだから、履歴を遡《さかのぼ》ればどちらが送ってきたものかすぐに解るわよ。

ええと、春崎さんの方ね、このメッセージは――。でもそのすぐ後、春野さんが「でもマアムのチョコまみれだけは、飽きないです」と送ってきているわね。

全く、貴方達って……。まぁ、入部してきてすぐピクニック部に加入したのだから、貴方達の中にワンダーフォーゲルの精神が養われていないのは当然といえば当然、指導が行き届かなかったのはワンダーフォーゲル部の副部長であった私の責任が一番大きいのかもしれないけれども。

だけどねぇ、「私も卒業したら東京の大学行こうかな。そしたらまた源治先輩とピクニック部を組んで、美味しいランチが食べられる」という春野さんのメッセージ、これをもし、まだ京都にいる乃梨子に観せたなら、貴方、即、乃梨子に刺殺されるわよ。

乃梨子は源治善悟郎を異性として意識することはやれなかったらしいけれど、彼を最も評価していたのは乃梨子だもの。

「少なくともこのワンゲル部に於いて最も礼に長《た》けた部員が源治君であるを私は断言いたしますわ」

と、彼を副部長に推薦した時、乃梨子は真顔でいったのですもの。

しかしながら、春崎さんも安心していてはいけないわ。だって乃梨子は、貴方達のどちらが春野さんでどちらが春崎さんかを多分、ちゃんと憶えていないでしょうから。

貴方達が中学からの仲良しコンビであるというのは同じピクニック部として活動してきたからよく知っています。大抵、春野さんの提案に春崎さんが賛同、乗っかることで、貴方達は何事も二人で上手くやってきたのよね。ワンゲル部に入ることも、内部分裂した時にピクニック部を選択したのも春野さん。

春崎さんが春野さんの金魚の糞《ふん》ではないことは理解しているつもりです。貴方達二人には、対等だけど決める方と決めて貰う方の役割分担があり、それが互いにとっては、しっくりとくるのでしょう。だからといって、何時も同じ髪型で、同じ服装をしているものだから、まるでハンプティ・ダンプティ。流石に顔立ちは異なっているから双子には間違えないのだけれども、春野さんを呼べばもれなく春崎さんも付いてくるし、春崎さんに話し掛けると春野さんが応えるし、こんがらがっちゃうのよ、どっちが春野でどっちが春崎か――。

それでも問題は起こらなかった。ピクニック部の活動に於《お》いて貴方達のどちらか一人に用がある場合なんてなかったのですから。

乃梨子はザツだから、貴方達のことをワンセットとして認識していたようです。かくいう私も、どっちが春野でどっちが春崎なのか、今でもあやふやなままですが……。高木さんは一年下の後輩に当たるからかしらん、最初、きちんと見分けなきゃと思っていたみたいですね。でも、ようやく区別が付けられ出した頃、春野さんのことを春崎さんといい間違えた時に「どっちでも構わないですよ」、二人が同時に屈託なく笑ったのを受け、何故にどっちでもいいの？　混乱、頭を抱えてしまったようです。私が「あのコ達って、イマドキ流行《はや》りの量産系なのよ」というと、少し腑《ふ》に落ちたみたいでしたが……。

源治君はどちらが春野さんで春崎さんか、ちゃんと解っていました。

これは卒業してから知ったことです。

「あのコ達ってホント、食い意地が張っていたわよね」

私がピクニック部でのことを想い出し、いうと、源治君は、

「否、食い意地が激しいのは春野さんの方で、春崎さんは美味しい、可愛いと僕の作ったものを激烈に称賛はしてくれるけど、そんなにガッツは食べてませんでしたよ」

当然のように応えていました。

卒業して、私は東京の大学に進学したから、貴方達と連絡を取ることを殆どしていませんでした。

数週間前、約二年振りにどちらかが急にグループLINEに招待してくれたから、また遣り取りをするようになり、互いの近況などを報告するに至ったのですが、「源治先輩や乃梨子先輩はどうしていますか?」という貴方達の質問に私は「よく知らない」と、嘘を吐いてきました。

乃梨子がどうしているのかは、実際、よく知らない。偶《たま》に高木さんから「今日は乃梨子先輩とデートです」という写真付きの、謎なメッセージがくるから、生存確認は

やれているのですが、直接に乃梨子に私が連絡をすることもないし、乃梨子からそれが来ることもない。高木さん情報に拠れば、乃梨子はもう、随分と前から義足だとは解らない通常の歩行が出来ているそうです。

で、源治君に関しては……。

敢えて隠していたのだけどねぇ、彼が東京に来てから一瞬、私達は、付き合っていたのです……。

上京してまもなく、源治善悟郎は私がバイトするメイド喫茶に、何の知らせもなく、お客さんとしてやってきました。私がそこに、ポポニャンというメイド名で入っていることを、源治君は既に乃梨子からのリークで知っていて、カゴメトマトケチャップを用いたオムライスへのお絵描きに私を指名してきたから、焦ったのなんのって！

「お帰りなさいませ。ご主人様」

猫耳メイド姿の私にいわせた源治善悟郎は、

「ご所望の絵や文字は、ございましゅでしょうか？」

の質問に、涼しい顔で、

「爽やか――でお願いします」

応えてきた。仕事だから、やったわよ。萌《も》え萌えきゅん。美味しく、美味しく、美味しくなあれ――の呪文を唱えながら、源治善悟郎の頼んだオムライスに「さわやか」とケチャップで書いたわよ。嗚呼、あの時の恥ずかしさを回想すると、今でも国外逃亡を企てたくなるわ。

オムライスをものスゴい速度で食べ終えると源治善悟郎は、その後、周囲で他のメイドとチェキを撮ってるお客さんの様子などを眺めながら、かなり挙動不審になり、店の奥で「メイドちゃん達に拠《よ》るライブが始まります！」というインフォメーションが流れた途端、そそくさと帰って行きました。でもその後、スマホを観ると源治善悟郎からの怒り、といおうか、まるで親が娘を叱りつけるような圧を感じさせるメッセージが入っているのが確認やれました。

バイトを終える時間を折り返しメッセージで送り、私は源治君にお店の最寄り駅から山手線で一駅の御徒町《おかちまち》駅南口にあるサンマルクカフェで待っていてくれるようにとお願いしました。

「相変わらず、Melody BasKetのお洋服は着ているようですね」

開口一番、シックなチャコールグレイの生地に無花果《いちじく》の模様が柄としてあしらわれた胸にフリルレースのヨークが切り替えで付いたワンピース姿の私を、睨み付けるみたいにして源治君はいいました。

「あんたこそ、そのキャップとトレーナーはSNIDELね。穿いてるその黒いジャージ風のワイドパンツも――」

私が返すと、源治君は自分のそれを一瞥《いちべつ》して応えました。

「こっちはFURFURですよ」

「あんた、SNIDELだけじゃなくFURFURにすら手を出してるの？　流行に敏感な女子丸出しじゃない！」

「僕はそもそもSNIDELよかFURFURの方が好みだったんですよ。でも京都にいる頃、FURFURは大阪まで行かないとお店がなかったし……。上京して原宿のラフォーレに行ったらFURFURがあったんで、すかさず購入しました。新宿のルミネにもありますよね。東京ってやっぱりスゴいです」

「変わってないわよねぇ、あんた」

「里美先輩は少し、変わりましたね。大学生になったのだし、当然かもしれませんが、目付きが悪いのが、かなり矯正されたというか」

「カラコンとアイメイクで誤魔化しているのよ！　今のバイト先で目付きの悪さをホールマネージャーに指摘されて……。メイドの基本は笑顔でしょ。ツンデレ設定もいいけどそれは、笑顔あってのもの。直さないとクビにするといわれて」

「大学に入ってからバイトするのは当然だと思います。でも何で選りに選ってメイド喫茶なんですか。そしてポポニャンなんですか。僕が三年に上がってから一度、乃梨子先輩から手紙を貰いました。ピクニック部の恥だと書いてましたよ。情けない。里美先輩の萌え萌えきゅん――なんて誰も求めちゃいないですよ！」

「ポポニャンは昔、飼ってた猫の名前よ！　私だって恥ずかしいわよ、誇りを持ってロリータをしているのに、あんな安っぽいコスプレの衣装に着替えて、美味しくなあれといいながら、オムライスに絵を描いたり、ステージでダンスしながら歌うのは！」

「あすこの店で、歌って踊ることすらしているんですか？　ワンゲル部の副部長にしてピクニック部、部長だった人が……。バイトなら他にも選択肢あったでしょう。もしかして里美先輩、高校時代からこっそり『ラブライブ！』とか観て、アイドルに憧れたりしていたのでは……」

「してないわよ。見損なわないで。そりゃ、義足でぎくしゃくと歩く乃梨子を可愛いなぁと愛でるくらいの百合属性は持ち合わせてたけど、アニメなんて『アカギ』と『中華一番！』くらいしか観ないし、ましてやアイドルなんて……。

事情があったのよ。東京で一人暮らしを始めてから、私、自分が全く自炊が出来ないことに遅まきながら気付いたのね。ゆで卵すらそのままレンジで適当に加熱すれば作れると思っていたくらいのレベルだったの。吃驚《びっくり》したわよ、レンジの中で卵が爆発しちゃって……。だから飲食店で働こうと思ったの。ファーストフードじゃ意味がないし、厨房《ちゅうぼう》で簡単な調理のアシストをするバイトに就けば、自《おの》ずと基礎的な料理の手順くらい身に付くだろうと。

源治善悟郎、あんたが、ピクニック部で毎回用意してくれたランチのことも頭を過《よ》ぎったわ。とまれ、そういう訳でネットのバイトサイトで洗い場、キッチンスタッフ募集。簡単な軽食、ドリンクの調理補助のお仕事です。初心者さん大歓迎。シフト調整や系列店への異動などもしやすい貴方に合った条件で働けるハッピーな職場です――という渋谷にあるイタリアンのお店を見付けたから、応募することにしたの。

でもって、採用になったのだけどね。まだ一週間もしないうちに上の人から、系列店のキッチンスタッフに欠員が出来たから、そっちの応援に行ってくれない？　君、大学が文京区だからうちよりその店の方がアクセスもいいんじゃない？　といわれ店を変わることにしたの。それが今のバイト先だったという訳よ」

「メイド喫茶だとは聴かされてなかったんですか？」

「秋葉原の系列店だとしか教えられてなくて。でも、メイド喫茶とはいえ、パスタ茹《ゆ》でたり、オムライス作ったりというキッチンスタッフなら別に問題ないかと、疑問には思わなかったのよね。秋葉原だけじゃなく東京には山のようにメイド喫茶が存在し、そこそこ健全な処、ガールズバーもどきのいかがわしい処、様々にあるらしいのだけど、うちの店はその中間くらいだそうよ。でもって、大抵のお店ではメイドさんでなく、料理はむくつけきオッサン達が厨房で拵えているの。当然といえば当然なのだけど……。無論、若い女のコもいるにはいるんだけどね、厨房ではヒラヒラのエプロンなんてしちゃいない。皆、ダサい調理用白衣に衛生帽子、ゴム長靴よ」

「じゃ、何でホール係に転向しちゃったんですか」

「キッチンスタッフとホール係、つまりはメイドなのだけど……では、収入が全然、異なるのよ。今日、源治君はフリーで入ったのではなくてポポニャンを指名してくれたじゃない？　そうするとポポニャンには時給とは別に指名料の三割がバックされるの。これがリピートでの指名になれば四割。後、チェキを撮ったりいろんなメイドとしてのオプションも一回毎《ごと》にバックがあるシステムだから、高額のオプションをリピート客に付けて貰う程、メイドは稼げるようになっているのよ。

ステージで歌って踊ることでのバック率は大したことないのだけど、ステージに立つメイドは各自、生写真や缶バッチやタペストリーなんてオリジナルグッズを店側から用意して貰えるの。そのグッズの売り上げが大きいとね、驚愕《きょうがく》の金額になる場合が、ある。

うちの店で一番人気のメロンちゃんなんて、週に二回しかシフトを入れてないにも拘らず、グッズの売り上げだけで月に三〇万円、稼いだりするのよ。どのメイド喫茶も同じじゃないでしょうけど、下手《へた》に地下でアイドル活動しているよか、よっぽど、割がいいのよ」

「ポポニャンもそのグッズの収益で荒稼ぎしておられる訳ですか？」

「私は駄目ね。そこそこ背が高いし、顔立ちがロリ系じゃないし、本気でメイドをやっているコ達のように吹っ切れないから、推してくださーい——みたく、あざとい営業を掛けられない。一部のマニアックな人達が地味に付けてくれるオプションのバックで多少、潤う程度よ。

ステージに出れば生写真は用意して貰える。けど、缶バッチみたいにグロスで業者に発注しなければならないグッズは、或る程度の数、顧客が付かないと作れないの。タペストリーなんて販売価格、一枚、通常サイズで一万五千円、大型だと五万円もするから、作れるメイドはごく少数。メロンちゃんなんて、この前の生誕祭、予約限定で一枚、十五万円のタペストリーの発売をインフォメーションしたら、午前中に五〇セット、完売したそうよ。私も少しは見習わないとね」

「見習わなくていいです！　嗚呼、里美先輩はこの一年の間ですっかり東京の闇と欲に染まってしまったんですね。僕の眼の前にいるのは、可愛い乃梨子先輩を愛でていたピクニック部の爽やかな里美先輩ではなく、色と金に身を委ね、穢《けが》れ切ったアイラインの濃いアキバのメイド、ポポニャンなんですね。見損ないましたよ。ロリータ失格です。着られているその Melody BasKet の無花果模様のワンピースが可哀想《かわいそう》です！　僕、ポポニャンが缶バッチを出して貰えたとしても、絶対に買いませんからね！」

「FURFUR のボトム、穿いてる男子の後輩になんて買って欲しいと頼まないわよ！

メイドに貢ぐお客さんは UNIQLO すらハードルが高いと躊躇《ためら》う、服飾に清貧《せいひん》な方々ばかりなんだからね！」

思わず、二人共に声が大きくなっていたのでしょう。サンマルクカフェでお茶を飲んでいる他の人達が、一斉にこちらを観る気配に気付いたもので、私も源治善悟郎も俯き、しばし沈黙しました。

間が持たぬ様子で、源治善悟郎はテーブルの上に置いていたスマホを手にして弄《いじ》り始めます。そしてスクロールした画面をじっと眺めていると、私の前にそれを差し出しました。

「これが、ナンバーワンのメロンちゃんですか？」

私のバイト先のお店のホームページにアップされている黒髪ロング、頭に白いヘッドドレスを付け、顔の横に両手でハートマークを作るメロンちゃんの写真を観せられたので、私は頷きました。

「人を写真で判断するのは良くないと思いますが、この程度でナンバーワンなんですか。多分、実物も大したことないですよね。宣材写真ですし、レタッチしまくっているのを前提としても、ブスですよ。というか品がないです、全体的に。『赤毛のアン』とか一行たりと読んだこと、ないんだろうなぁ。可愛いものが大好きといいつつ、MILK も Shirley Temple も BABY,THE STARS SHINE BRIGHT も、ましてや Melody

BasKetなんて着ようとも思わないタイプに違いないです。眼が印象的といえなくもないですが、この涙袋、思い切り描いてますよね。大抵の男は騙《だま》されるかもしれないですが、可愛いに掛けては一言を有する僕からすれば、評価に値しない人です」

「確かにメイクは――上手いと思う、メロンちゃん。でもブスではないと思うよ」

思わず擁護すると、源治善悟郎の悪口は更にヒートアップします。

「メイクが上手い？　嘘でしょ。このコの涙袋の描き方は、かなりガサツですよ。欲張って眼の下全体に幅広で作ってしまっているから、涙袋というよりもはや眼のクマです。眼を大きく観せる為のカラコンも、着色直径、大き過ぎます。これじゃ黒眼しかないホラー映画の登場人物ですよ」

「あんた……嫌いな人に対してはとことん、容赦ないんだね」

憎悪するかのようにメロンちゃんを罵倒するトークの勢いに圧倒されつつ私が洩《も》らすと、源治善悟郎は急に言葉を切り、私の顔を見据えていいました。

「全然、ポポニャンの方が可愛いです。そしてポポニャンより、僕が知っているピクニック部の里美先輩の方が美しいです」

あのさー、春野さん、もしくは春崎さん――。源治善悟郎は、シスターボーイな癖してこういうことを、駆け引きなしにいってくるような奴なのよ。どう思う？　反則じゃん……。

どう会話を絡げていいのか解らず、

「あの店のオムライスなんて、あんたからすれば最低の味だよね」

私は源治善悟郎から眼を逸《そ》らしつつ、いいました。

「ああいう店で出されるものだし、冷凍物をレンジ解凍するものよりかは幾分、マシでしたよ。チェーン店だと僕はポムの樹のオムライスが一番、好きかな。基本、オムライスに特化したお店ですし。僕、ファミレスに行ってもオムライスは絶対に注文しませんよ。オムライスというものは、作るに大した手間は掛かりません。でも卵料理って、スゴく難しいというか繊細なんですよ。一朝一夕にバイトがファミレスで作れるようなものじゃないんです」

料理の話になると、恐ろしく源治君は熱がこもり、メロンちゃんの悪口をいっていた時以上に饒舌になりました。

「里美先輩、北極星のオムライスって食べたこと、あります？　大正十一年から続く老舗《しにせ》なんですけど、ここのオムライスは芸術品ですよ。京都ではポルタに出店しているんですが、本店は心斎橋です。もし行くなら本店に行って下さい。卵の焼き方、それに包まれたケチャップライス、くど過ぎない上品なソース、どれをとっても一流というに相応しい仕事です。でもって、頼む時は必ず、海老《えび》フライが上に乗ったオムライスと海老フライのセット――にして下さい。ここではこの一択です」

「苟且《かりそめ》にも飲食店、メイド喫茶とはいえ食事は付いているのよね。パスタやカレーはオムライス以上に美味しくないから、私は大抵、あのオムライスを食べているのだけれど……。あんたにそういわれると、ちゃんとしたオムライス、食べたくなってしまうわ」

「じゃ、今から食べますか？」

「その北極星って、東京にもあるの？」

「ないです」

「じゃ、ポムの樹？」

「否、僕の処に来て下さい。北極星のようなものは作れないですけど、ファミレスのオムライスには負けない自信があります」

かくして、私は山手線に乗り、代々木に借りている源治善悟郎のマンションまで行くことになったのでした。

外観はお世辞にも綺麗とは言い難い三階建の狭いワンルームなのですが、コンロが五口もある使い勝手が良さそうな本格的なシステムキッチンがあるマンションで、部屋の半分を占領しているのではないかと思うくらいに存在感のある四ドアの無骨でバカデカい冷蔵庫が置かれた部屋には、中華鍋から大きさ違いのフライパン、ボウル、泡立て器、ピザカッター……あらゆる調理器具が整理棚に整然と、白で統一された幾《いく》許《ばく》かの食器と共に並べられていました。ですから一人暮らしの学生の部屋というよりは、まるで厨房。それらの隙間にどうにか無理矢理にスペースを確保して置いたかのような、簡素な折り畳みテーブルと、一脚の丸椅子が、ある。

「あんた、こんなに本格的に調理器具を揃えて、一体、何処で寝ているのよ……」

私が呆《あき》れて訊ねると、源治君は上を指差しました。

「この部屋、一応、ロフト付きなんです。だから布団をそこに置いて、教科書とかお洋服とか日常で必要なものは全部、そちらに」

「それにしてもこの冷蔵庫、大き過ぎない？」

「ホシザキというメーカーの業務用冷凍冷蔵庫です。高価といえば高価ですが、家庭用冷蔵庫でも高いやつって、まるごとチルドとか無駄に便利な機能が付いているだけじゃないですか。ホシザキのは、そういうものの代わりにドアの開閉が多くとも耐久性が落ちないようドアパックに独自の工夫が凝らされてますし、除霜排水システムも完璧なんです。それに家庭用の冷蔵庫はやたら仕切りがあるじゃないですか。ホシザキのは大きな食材をそのまま保存しておけるよう庫内に中柱を入れないんです。

実家には家庭用の冷蔵庫しかなかったから、ホシザキは僕の憧れだったんです。幸い、こういう業務用は専門の中古業者で安く買えたりもするので、意外と予算は掛からなかったですよ。

調理器具の殆どは実家にいる頃にコツコツ、揃えた物を持ってきたし、買い足したのはほんの一部です。これ観て下さい。東京に来てから買った鱧《はも》切包丁なんですけど、合羽橋《かっぱばし》の釜浅《かまあさ》商店のやつなんです。ほら、善悟郎って僕の名前、職人さんが銘入れしてくれているでしょ。合羽橋、最高ですよね。今度、里美先輩も行きませんか？　まさにワンダーランドですよ」

宝物を拝ませるように自分の名の入った鱧切包丁を見せびらかした源治善悟郎は、私を丸椅子に座らせると、ホシザキの冷蔵庫——ではなく冷凍冷蔵庫の扉を開け、食材を迅速に取り出し、

「すぐに出来ますから」

コンロに大きさの異なるフライパンをセットし、ボウルやキッチンペーパーなど必要な器具をシステムキッチンの端に整えた後、おもむろ、たすき掛けのグレーの胸エプロンを装着すると、オムライス作りに専念し始めました。

「ファミレスなどのオムライスが何故に駄目なのかを説明しますとですね、そもそもライスに乗せるオムレツの作り方に問題があるんですよ。卵って、他の料理をしたフライパンなどで焼くと、その匂いや諸々《もろもろ》をデリケートに吸収しちゃうんです。だから卵専用のパンを用意しておくべきなんです。半熟の加減だとか、ソース云々《うんぬん》への拘《こだわ》りは食べる人の好みもありますからね。正解があるようでないようなものだと僕は思い

ます。

家庭料理は手間やお金を掛けて装飾過多にするべきではない。だけど、省いてはいけない手間はある——これって料理研究家の田中伶子《たなかれいこ》先生の受け売りなんですけど、卵を焼くのに専用のパンを用いるというのは、そういう省いてはいけない手間の一つなのかなと。

卵って偉大な食材じゃないですか。その食材に対して礼を尽くせない料理人は、幾ら腕が良くたって二流なんじゃないかな。僕みたいな素人に偉そうなことという資格はないですけど」

バターを入れて熱したフライパンを中火で暖め、角切りにした鶏肉《とりにく》、人参《にんじん》、玉葱《たまねぎ》を炒め、塩と胡椒《こしょう》で味を付ける。火を少し弱めケチャップを混ぜ合わせた後、ご飯を投入、ケチャップライスを完成させる。もう一つのコンロに用意したフライパンをサラダ油で熱し、傾けつつボウルで溶いた卵を注ぎ、均等な厚さになるよう調整しつつ、全体に広げる。フライパンの火を止め、出来上がった凹凸《おうとつ》も焦げもないまるで研磨した黄水晶のようなオムレツを、キッチンペーパーを被せ形が整ったケチャップライスに、白いゴムベラで滑らせるよう、そっと乗せる。一皿完成させたなら、また卵のみをフライパンに流し込み、同じようにオムレツを拵え、もう一つ、作る。

二つのオムライスをテーブルの上に運んだなら、源治君はスプーン、水の入ったコ

ップも用意し、

「上にケチャップを掛けたいなら、一応、カゴメトマトケチャップがあります。でもケチャップなしでも美味しい筈ですよ」

いい、私が一脚しかない丸椅子に座ってしまっているので、向かい側、壁際に置いてあったスチール製の一斗缶——多分、サラダ油が入ったもの——を運んできてそれを椅子代わりにして座りました。

「いただきます」

確かにケチャップを掛けずとも、既に包まれているものはケチャップライスなのだし、ない方がオムレツそのものの美味しさを堪能することがやれます。わざと通常のオムライスよりケチャップライスの量を少なくしているのでしょう、卵のふわふわ感が口の中で爆発するように広がり、『中華一番！』の登場人物達が恍惚《こうこつ》としてしまうかのような表情に、自分がなってしまっているのが解ります。ケチャップライスはオムレツの味を引き立たせる為の脇役なのだと私は、源治君のオムライスを食べながら思いました。

メイド喫茶に来るお客さんは大抵が男性なので、オムライスはレギュラーサイズでもケチャップライスの量を多めにします。ケチャップライスを一・五倍にしたラージサイズも用意してあります。そして大多数のお客さんはラージサイズを注文します。

これを教えると源治善悟郎は、

「訳が解りませんね」

苦虫を噛み潰したかのような顔をしました。

「だってメイド喫茶のお客さんは、喫茶店に行くという建前で、メイドさんを鑑賞するのでしょ。僕が里美先輩にやって貰ったように、ケチャップで自分のオムライスにラクガキして貰うのが愉しいのでしょ？　メイドさんも鑑賞したいけど、お腹も満たしたい……。強欲、過ぎませんか？」

「さっき話したメロンちゃんの生誕祭、十五万円のタペストリーが五〇枚、速攻で完売したっていったけど、購入したお客さんはあのお店で行われる生誕イベントに参加もやれるのよ。通常営業の後、メロンちゃんの誕生日に、九〇分間、それは行われるのだけどね、イベント中は飲食のオーダーなんて受け付けてはいられないから、ブッフェスタイルにしちゃう。

その時、私はキッチンスタッフに回っていたんだけどね、用意した料理、開始から二〇分くらいで全部、なくなっちゃったわよ。

よく友情と恋愛は両立するのか、議論の対象になるけどさ、その時、私は悟ったわ。男子って食欲と性欲を両立させることが出来る生き物なのよ」

「僕は……シスターボーイだし、よく理解出来ないな」

私とほぼ同じ速度で自ら作ったオムライスを頬張りながら、源治善悟郎は首を傾《かし》げました。

「友情と恋愛――。僕は、両立するような気がしますし……」

「じゃ、男女の間に真の友情は成立しない。女のコ同士では本当の友情なんて成立しない――という、よくある世の中の意見に就いては、どう思う？」

「もし男女の間に友情が成立せず、女子同士の友情も成立しないのなら、男子同士の友情も成立しないですよ。どうして昔から、男の人達は友情なるものを、自分達、男子にしか与えられない特権のように思いたがるんでしょうね。女子は陰険で嫉妬深いからだからといいますが、男子だって陰険だし、嫉妬深いじゃないですか。否、男子の方が、陰険で嫉妬深い気がする。すぐに自慢話をするし、人生を語りたがるし……。だから僕は、昔から男子の輪には交じれなかったのかもしれないです。僕達はワンゲル部に在籍した時、違法な爽やかプロテインを摂取しているであろう疑惑のある剛力部長からそれを学んだじゃないですか」

「あんた、今でも乃梨子が好き？」

話の流れで私はつい、そんなことを源治君に訊ねてしまいました。

「乃梨子先輩は、卒業後に一度、手紙をくれましたけど……。僕は返事を書かなかったし、想い出すことはありますけど……。好きかと問われると……。里美先輩の質問は、今でも乃梨子先輩に恋愛感情を抱き続けているかって意味ですよね？」

「うん」

「それは、もうないですね」

あっさりと、源治善悟郎は応えました。そして食べ終えたお皿をキッチンに持って行き、一斗缶に座り直すと、自分と私のコップに水を注ぎ足しました。

「結構、冷淡なんだ。上京してきて他にもう好きな人でも出来ちゃった？」

嫌味をいうつもりはありませんでしたが、ついそんな言葉が衝《つ》いて出てしまいます。

「いないですよ、高校の時に比べるとこの春から周囲が女子ばっかりの環境になったので、かなりモテるのは事実ですけど……。乃梨子先輩に感じていたみたく、ドキドキするような相手には出逢えてないです」

「じゃ、あんたにとって、今の乃梨子はどういう存在なの？」

「ピクニック部の先輩――。に決まっているじゃないですか。恋愛感情が失《う》せようと、そのピクニック部の先輩が、かつての同じ部にいた朋友《ほうゆう》がメイド喫茶で似合わぬことをしている、ピクニック部の恥だわと嘆いていたから、後輩として僕は今日、里美先輩の様子を偵察しに行ったんです。

恋愛や友情の感情って芽生えたり、なくなったりするものだから、不確かですよね。でも乃梨子先輩と里美先輩がピクニック部の先輩であることは揺らぎません。それは過去形であろうと物理的な事実ですから。仮令《たとい》、ピクニック部がなくなろうと、僕にとって二人はピクニック部の先輩だし、高木さんは同輩だし、春野さんと春崎さんは後輩です。これは未来永劫《えいごう》、天地がひっくり返ろうと変わらない真実です」

春野さん、春崎さん――。つまり、源治善悟郎という輩《やから》は、こういう人なの。だから、ゆめゆめ、その食い意地を高じさせ、私達のグループLINEに送ったよう、彼に源治先輩のランチがもう一度だけ食べたい――とか連絡しては駄目です。そんなものを送れば、絶対に彼は、バスケットに一杯の一ヶ月くらいは腐ったり傷んだりしない極上に美味しいランチを、ほぼ厨房と化している新しい一人暮らしのワンルームで拵え、貴方達に送り付けるに決まっていますから。

「ところで、先輩って何故にお金が必要なんですか？　親からの仕送りでは足りない豪華なマンションに棲《す》んじゃったとか？　あー、そうか。お洋服、買い過ぎちゃったんですね。

そりゃロリータ系のメゾンの本店は東京に集結していますからねぇ。今まではネットでしか買えなかったものに、本店で実際に袖を通すと、お財布の事情なんて関係なし、作ったばっかのクレジットカードでリボ払い、購入してしまう衝動は理解出来ます。でも我慢は憶えなきゃ。僕だって、FURFURのショートジャケット、めっちゃ可愛くてテンション上がりまくっちゃいましたけど、高いから堪えましたよ。夢にまで出てきましたけど、男らしく諦めましたよ。

僕は別に先輩が好きでメイド喫茶でメイドさんをしているのなら、構わなかったんですよ。乃梨子先輩同様、萌え萌えきゅんをしている里美先輩をピクニック部の恥だなぁとは思いますけれど。何ならアイラインや涙袋の描き方、僕が教えますよ。

もしメイドとして頂点を極めたい、メロンなんていうブスに負けてなるものかと対抗意識を燃やすのであれば……。僕、最近、LIPSというコスメ情報のサイトにハマってますから、ある程度は知識があります。流石に自分でメイクをするまではしませんが、ナチュラルに眉毛を整えたり、アイライナーで切開ラインを描くくらいのことはしてますし」

「流石にメイクをするまでは——って、やってんじゃん、充分！」

「やってませんよ。ファンデーションも塗ってないし、マスカラも入れてないし。眉の手入れと切開ラインくらいは、男でも身嗜《みだしな》みの範囲だと思います」

私は急に眼がゴロゴロしてきたので、付けていたカラコンを外し、目薬を充分にさした後、源治君の顔を凝視しました。気付かなかったですが、確かに眉毛はアイブロウで整えているし、目尻と目頭にアイラインが薄く入れてある。よく顔を近付けねばスルーしてしまうさり気ないメイクであるのは確かでした。恐らく丁寧に料理を作るに長《た》けた彼なのでこういうことも得意なのでしょう。

「あー、先輩。そうやって睨むと、昔みたく目付き、悪いですね。懐かしい」

身を乗り出すようにして目元の様子を観察する私の様子に、源治君はやけにはしゃいだ声を上げます。

「男でも多少のメイクは身嗜み——というのは僕の詭弁《きべん》です。でもね、ドラッグストアとか行くと、つい、プチプラ系コスメに眼を奪われちゃうじゃないですかぁ。可愛いし、つい、買ってしまうでしょ」

「あんたの可愛いもの好きって、性根《しょうね》が入り過ぎているわね。最早《もはや》、シスターボーイという枠を超え、源治善悟郎という独自のジャンルを確立しているわよ。どうせプチプラコスメもCEZANNEやCHIFUREじゃなくCANMAKE一筋なんでしょ」

「正解です。流石、里美先輩ですね。解っておられる」

敢えてツッコまなかったのですが、春野さん、そして春崎さん——。オムライスを作る為に源治善悟郎が着用した胸当てエプロン、色味こそグレイですが、ショルダー部分と腰回りに幅広の白いレースが施された、女子でも着るのが躊躇《ためら》われるロリータ魂、全開のものだったのですよ。Francfrancに売っているレースフルエプロン。実は同じのを持っているので知っているのです。Francfrancはエプロンも可愛いものしか置いていないわ。だけど源治善悟郎のこのエプロンはその中で最もロリった、可愛さ過剰のやつなのです。BABY,THE STARS SHINE BRIGHTのハートエプロンと張り合えるくらいなのよ。

幾《いく》ら気に入らない女子だとしてもその相手をブスという男は最低――の筈なのですが、もう源治善悟郎の場合は、赦《ゆる》していいと思う。この人はきっと、剛力先輩が爽やかプロテインを摂取していたのと同様、可愛いプロテインを過剰摂取し過ぎちゃっているのです。

「ねぇ、あんたさっき、友情と恋愛は両立するっていったよね？」

「断言はしてません。するような気がすると思うだけです」

私は久々、意識的に目付きを悪くして、源治君を威嚇するかのようにいいました。

「だったら、先輩を重んじる礼節と恋愛感情は両立する？　するよね、だってあんたはかつて乃梨子にピクニック部の先輩としての礼を重んじつつ、恋愛感情を抱《いだ》いていたんだから」

「そういうことに……なります、かね？」

歯切れが悪くなる源治善悟郎に対し、私は畳み掛けるかの如く告げました。

「だったら、私と付き合えるわよね？　先輩と後輩でありながら、私に恋愛感情を抱けるわよね？」

「えっ……」

「嗜好は少女趣味全開だけど、あんたはホモセクシャルじゃなく、男性として異性に欲情するのだものね？」

「そうです」

「もし私に大した恋愛感情を抱いていないとしても、私とキスしたら、それ以上のことまでしたくなっちゃうよね、男子なんだから」

「はい、多分……」

「私のようなボーイッシュな髪型で背の高いタイプの女子は、眼中にない？」

「里美先輩は綺麗だし、魅力的だし、里美先輩がお風呂に入っていたら、僕は絶対に覗きます。友達であろうが先輩であろうが、そこは関係ないです」

「じゃ、源治善悟郎――、私達、付き合うわよ、いいわね？」

目付きは良くないですが、私だって乃梨子とは異なるものの、容姿が悪い方ではないので男子から告白を受けることは何度か経験してきました。でもここだけの話、異性と付き合ったことなぞ一度もありません。ましてや自分から付き合って欲しいと告白したことなぞ……。

ですから、自分でもこんな居丈高《いたけだか》な、脅すような台詞《せりふ》ではいけないのは承知していましたが、こういうふうにいうしか出来なかったのです。

何せ、相手は源治善悟郎――、男子ではあるけれども通常の男子の範疇《はんちゅう》では推し量れない未知な生き物なのですから。正確でシンプルに意思を伝達する他、方法はないと思ってしまったのでした。

何故、付き合おうといい出してしまったのか、それに関しては今も不明です。料理をする彼の後ろ姿にセクシーさを感じた……とかでは、なかった筈。

でも、この日、この時、それを口にしなかったなら、源治君ともう逢えないような気がしたのです。お互いに連絡先は知っているし、東京に棲んでいるのだから、約束は何時でも出来る筈なのに、このタイミングで告白をしなければ、この夜限り、源治君は私に干渉、接触してこない気がした。

「解りました。付き合います」

源治善悟郎は、滑舌よく、普段より大きな声で私の告白を受諾しました。

私は安堵《あんど》する間もなく、更に彼を追い詰めます。

「何時から付き合うことにする？」

「え？　僕が決めるんですか？」

「男なんだから、あんたが決めてよ」

「じゃ、今からです」

「付き合い出したからには、次、どうするのよ」

「キスします」

私と源治善悟郎はこうしてその日、恋人同士になり、キスをしました。

そしてそのまま、厨房のようなワンルームの上にあるロフトスペースのお布団の中で、最後までことを成し遂げてしまいました。

春野さん、春崎さん――。源治君はそういう行為、初めてではなかったみたいです。私はキスさえ、初体験でしたが……。恐らく、彼って華奢でナヨナヨしてはいるけど、そこそこに美形だし、そういうタイプを好む層の女子達にかなり早い時期、押し倒されて経験を積んできたのではないでしょうか。

作ってくれたオムライス同様、彼の行為はきめ細やかで、相手の官能に寄り添い昂《たか》めていく――装飾過多ではないけれども省いてはいけない手間はきちんと掛けるもの――だったもの。

恋人としての儀式を終え、腕枕をされながら、春野さん、春崎さん――、私、ぼんやりと考えていました。高校時代、彼と乃梨子同盟を結んだ頃から、実は私は、趣味や話が合う、SNIDEL や FURFUR を着ていて、隙あらば Melody BasKet などのロリ服にも手を出そうとするこの年下のシスターボーイを、好きだったんじゃないかと……。

もう大学生になって二年目、恋人も作れず、一人暮らしの身、そろそろ手頃な相手が欲しかったとか、一番人気のメロンちゃんより先輩の方が可愛いです、いわれて、蹌踉《よろ》めいちゃったとか、そういうのでは、絶対にない。

ピクニック部の活動をしている時、乃梨子に一度、訊かれたことが、あります。

「里美って、源治君のこと、好きなんじゃない？」って――。「源治君が私のことを気に入ってワンゲル部に入部してきて、里美はその源治君と共に私を依怙贔屓《えこひいき》する乃梨子同盟なんてものを結成しちゃったから、そのことに気付かないまま今に至っているんじゃない？」。

私は否定したのだけど、乃梨子は「そうなのかなぁ」、自説を取り消す気配をみせませんでした。

「だって、目付きがものスゴく悪いが故、ワンゲル部の裏番長と恐れられているけど実は、可愛いものに眼がない里美と、男子の癖に、バレンタインの日、キキララの紙袋に手作りカヌレを入れ、ドットのチロルテープでラッピングまでして女子にそれを渡すのを当然だと思っている源治君って、相性バッチリというか……。里美のパートナーになる為に生まれてきたようなコじゃない？」

笑い、そして真剣な顔で、こう怒りました。

「里美が源治君を従えて行動している時、とても生き生きしているわよ。私、里美が源治君と仲良くし始めてから、嫉妬すら憶えているんだから。義足で歩く私を可愛いと溺愛してくれていたのは里美だけだったのに、里美は私だけを観ていてくれたのに、知り合ったばかりの、それも男のコと同盟なんて組み始めて……。サイゼリヤで決起集会まで開いて……。乃梨子同盟に、私は入れないじゃん……」

乃梨子の眼の奥に実際、焚《た》き火程度の小さなものでしたが、嫉妬の炎が確かに揺らめいていたのを、私は明確に察知しました。

女子同士の仲の良さに第三者が登場し亀裂が入る時、かなり面倒なことになるのは春野さん、春崎さん――、貴方達なら解るでしょう。仲良しの友達に仲良しが出来たのだから私も仲良しになって、仲良しが増えるは嬉しいこと――というふうには、ならないのよねぇ。

貴方達の仲の良さには誰も割って入れない、介入不可能な強力なバリアのようなものが張られているのを私も、乃梨子も、高木さんも感じていたわ。きっと二人の間にはこれまで幾度も決裂に至る危機があったのでしょう。しかし貴方達はそれを乗り越えてきた。貴方達の間に潜り込んでこようとする人々を根こそぎ、排他することに拠って、貴方達はより絆《きずな》を確実なものとしてきた。カルト教団のような遣り方だけど――女子ってそういう処が面倒だよなと男子達からは揶揄《やゆ》されてしまうけれども――、こういう方法でしか健全な関係を築けないことがあるっていうのを、男子達は知ることが敵《かな》わない。

乃梨子から嫉妬を教えられた時、私はザツな乃梨子でさえそういう感情を持つのだと、多少、驚いたのですが、嫌な気はしなかったわ。可愛い――と思わず、手を握り締めたくなったくらいよ。乃梨子が嫌がるのなら源治君との乃梨子同盟なんてすぐに解散したわ。

でも、それ以来、この件を乃梨子が口にすることはありませんでした。乃梨子は自分が本気で嫉妬したという事実を私が、受け流すことなくきちんと認知したのを確かめられたことで満足しちゃったんじゃないかな。それを成仏させちゃったのではないかな？ 乃梨子の嫉妬は爽やかの神様の許《もと》、天国に召された。

お布団の中、天井を見上げつつ、手を絡《つな》いで、この話をすると、源治君も独り言をいうかのように、

「僕も、一度だけ、乃梨子先輩に訊ねられたことがあるんです」

話し始めました。

「君が好きなのって本当は、里美なんじゃないか――って、いわれたことがあるんです。

当然、否定しました。だって自分が恋愛感情を抱いている相手に、実は違う人を好きなんじゃないかと問われたんですよ、断固、首を横に振ります。

でも、普通はそういう誤解をされたらかなりのダメージを受けると思うんですが、そうはなりませんでした。今になって、無理矢理に答え合わせをしているかに聴こえたら申し訳ないんですけど、結局、乃梨子先輩の指摘は間違ってなかったのかもしれ

ません。

今日、里美先輩の様子を偵察しに行ったのも、乃梨子先輩の手紙があったからではなくて、僕自身が気になっていたからかもしれないし……。もし、秋葉原でメイド喫茶を見付けて、興味本位で入ってみてそこであのメロンというメイドさんを見付けたら、そこまでブスだとは思わなかったかもしれないし……」

「乃梨子は、私が乃梨子を置いている位置と、源治君を置いている位置が、一見は同じように思えるけどまるで異なるのを、どの段階でかは不明ながら看破していたってことか？」

「乃梨子先輩は、乃梨子先輩を含む僕達、三人がそれぞれに同じ距離感で仲良くなることはないことに気付いて、いた。気付いてなかったのは僕と里美先輩——。そして乃梨子同盟を組んでいた僕と里美先輩は今、ようやく真相に辿り着いた」

こんな会話はきっと、二人でお布団の上でやることをやり終えた後だからこそ、出来たのでしょうね。幼稚園の頃、ユニコーンの刺繍がされたお気に入りの靴下の片方がなくなって、一週間、裸足《はだし》で過ごし親を困らせただとか、父に連れられて初めて遠出した信州の山でのキャンプファイヤー、その薪《まき》の灯が思った以上に暖かく、子供の私は綺麗だな、思いながらも、否、思う程に、眠気に襲われ、爆睡してしまったのだけど、その眠りがこれまでの人生の中で一番に深く、穏やかで、印象に残っているというようなこと——、別に誰に聴いて欲しかったでもない事柄——恋人にしか語れないつまらない想い出や感想を、私は夜明けまで、ぽつりぽつり、源治君に打ち明けていました。

どうでもいい話に、源治君が頷いたり、クスッと笑ったりすることが、暖め合っている身体と身体の感度以上に、私の中に深い安心感を与えてくれました。懐かしさとは少し異なる、真っ暗な無窮《むきゅう》の宇宙の中にたった一人なのだけど、それが故に平穏でいられる心持ち、のようなものに包まれ、その夜、私は何時しか眠りに就いていました。

あのキャンプファイヤーの時と同じだ——。

朝になってから、私は思いました。源治君は、どうやら私が眠るまでずっと私の話に相槌《あいづち》を打ち続けてくれていたようです。お布団が敷かれたワンルームのロフトは、空調が行き届かない部分なので決して、寝るには快適ではないのでしたが、何ら問題はなかった。

その夜、私は豪快に鼾《いびき》をかいていたそうです。告げられ、恥ずかしくて、私が、「だって、源治君がキャンプファイヤーなのが悪いのよ!」

キレると、源治君はポカンと首を傾げていました。

この日から、春野さん、春崎さん——。私と源治善悟郎は二日に一度くらいのペースで逢うようになりました。一緒に眠ると、必ず、私は鼾をかいていたようです。

そして暫く経った後、私は、源治君が上京してきたのは食物栄養学科のある大学を受験したからだと教えられました。

その大学はいわゆるFランク、源治君は成績が良かったのでもっといい大学に入れた筈なのですが、そもそも彼は大学に行くつもりがなかったのだといいます。高校を卒業したなら銀座にある料理教室で家庭料理を学びたかった。

その料理教室は小さいながら五〇年以上の歴史を持つ、料理好きの間では圧倒的な支持を受ける由緒正しい教室らしいのですが、源治君の両親は猛反対した。当然です。そこは辻《つじ》調理師専門学校のような専門学校ですらなく、単に料理教室なんだもの。

将来、料理関係の職に就くのは反対しない、しかし国公立に行けるだけの頭があるのに、進学を選ばず、趣味で通う料理教室で料理の勉強がしたいなんてあんまりだ……。ご両親が懇願するので、源治善悟郎は大学には行く、でもだからその料理教室にも通わせて欲しいと、妥協案を提示し、結果、今の大学に入るという落とし所になったらしい。いわゆるダブスクというやつなのかもしれません。

「食物栄養専攻だとか食生活科学科だとか、料理関係の学部がある大学は沢山あるんですけど、半分以上は女子大なんですよね。なので選択肢が限られちゃって……。僕が入った大学は確かにいい大学とはいえないですけど、製菓衛生師や管理栄養士なんかの資格が取りやすいと定評があるみたいですし」

代々木にマンションを借りたのは、そこにも有名な調理の専門学校があり、通う生徒に最適な設備を持った部屋――つまり豪華な最先端のシステムキッチンを備えた――が比較的安く出てきたからだそうです。

「成績にしろ進路にしろ今まで特に五月蠅《うるさ》くいわれなかったんですよ。でも大学だけは出なくちゃならないと、父も母も譲らないんですよね。両方、一寸、お堅い仕事に就いているせいかもしれないけど……」

「源治君のご両親って、何してるの？」

「二人共、普通の弁護士です」

「普通の……弁護士？」

源治君のマンションのロフトに敷かれたお布団の中でどうでもいいことをお互いに言い合っているが日常になり始めた時期、彼はさらり、こんなトンデモ情報を、口にしました。

私は思わず上半身を布団から起こして、源治君の顔を見据えてしまいました。

「超エリートじゃん！　よくFランクの大学で納得してくれたわね？　そんな環境で育ったんだから、親は息子も将来は法学部に進み、弁護士か検察官、裁判官と当然のように考えていたでしょうに」

しかし源治君は、何を私が慌てているか不明な様子で応えました。

「里美先輩、テレビドラマとかでしか弁護士っていう職業を知らないから、特殊だと思い込んでるだけですよ」

起き上がった私の腕を摑《つか》み、引き寄せ、布団に戻して宥《なだ》めるような優しいキスをすると、源治君は私の首筋に顔を押し当てながら、普通の弁護士のことを語り始めました。

「弁護士なんて世の中には腐る程、いるんですよ。警察官やコンビニの店長なんかとは違い、お世話にならない場合、一生、関わり合いになることがない職業だから、特殊に思えるだけです。

そりゃ、大企業のコンサルタントで大儲《もう》けする悪徳弁護士とか、弱い人の弁護を手弁当で一興懸命やるヒーロー的な弁護士とか、ドラマに出てくるような人達もいます。でも殆《ほとん》どの弁護士は殺人事件や冤罪《えんざい》に関わる機会なんて持たないまま、一生を終えるんですよ。

普通の弁護士は、民事事件で離婚の調停だとか遺産相続だとかそういう日常の些細《ささい》なトラブルを取り仕切って和解させるだけなんで、カスタマーセンターのサポート係とそんなに変わりゃしません。個人事務所を持ってる人も一握りで、大抵は大きな事務所に雇われて与えられた案件を粛々とこなしているだけのサラリーマンです。転勤とか左遷もあります。現在、日本には約四万人以上の弁護士がいるんです。公立の小中学校での非正規雇用の先生の数が同じくらいだから、そんなに珍しい仕事でもないんです」

「源治君のお父さんやお母さんも、それじゃ、離婚とか遺産とか、そういう案件ばっかり扱ってるの？」

　訊くと、源治君は愛撫《あいぶ》の手を止めて応えました。

「母は殆ど離婚問題ですね。妻が訴えを起こす弁護に特化してます。女性側の弁護に就く際、女性弁護士の方がきめ細やかな対応が出来るという利点があるんだと思います。父は違う法律事務所の所属なんでそういうのはほぼ、やらないようです。事務所に拠って得意、不得意分野があり、棲み分けがあるみたいですね。父は主に中小企業関連の商法に関することをやっているようです」

「じゃ、源治君が仮に人殺しをしたとして、源治君のお父さんやお母さんは源治君の弁護人にはなれないの？」

「なれますよ。今まで一度も刑事事件を扱ったことがなくたって、弁護士なんだし、僕が父に頼みたいと依頼すれば父を弁護人にすることは問題ないです。別に昔の僕達みたいに、ワンダーフォーゲル部員でありながらもピクニック部は大吉山より他、トレイルをしてはならないというような制約はないですから」

それを聴いて、私はまた布団から上半身のみ起き上がりました。

そして少し息を整えた後、源治君にいいました。

「私がキッチンスタッフからホール係、つまりメイドに転向したのはお金が必要だから。源治君、あんた、何でお金が必要なのかって訊いたわよね。分相応のマンションを借りて家賃が払えないのか、それともお洋服を買い過ぎたのかと……」

「ええ」

頷いた後、源治君も上半身を起こしました。

「家賃やその他諸々は、充分、仕送りで賄えるの。学生向きのマンションだし、お洋服はそりゃ、つい、買っちゃうけど、私だって馬鹿じゃなし、限度額一杯までリボ払いなんてことは、まだしてはいないわ。

只《ただ》、入学早々、大学内で変な勧誘に引っ掛かっちゃってね……。

女子空手部というサークルに仮入部させられちゃったのよ。空手の道着を着た数名の女子がビラを配っていて、女子だけの空手部です。一緒に空手をしませんか——声を掛けられて。無論、興味はないし断ったわ。でもかなり執拗《しつよう》に食い下がられて。

でもって一人の人が泣き出したの。自分達は二年生で、今期、新入部員を確保出来ないとサークルそのものの存続が学校から赦されなくなるからどうしても五名は確保しろと先輩から厳しくいわれているって——。サークルの審査自体は五月末日で完了するので、それまで仮人部でもいいから五人、集めないとならないんだと――。仮入部は書類上のものだからサインだけしてくれれば、実際に活動なんてしなくていい。助けると思って仮入部のサインだけしてくれないだろうかと頼まれちゃって……」

「それで、仮入部を承諾しちゃったんですか？」

「うん……」

頷くと、源治善悟郎は、

「里美先輩――やっぱり馬鹿じゃないですか？　それってあからさまに古典的な新入生をターゲットにした詐欺に決まっているじゃないですか！」

私を叱りつけた後、

「仮入部の書類を出して暫《しばら》くしてから、仮とはいえ入部したのだから、部活動に必要な道具一式の購入を既に手配済みである――退部するのは問題ないが、これらの費用は払って貰わないと困る――みたいなことをいわれたんでしょう？　だからメイド喫茶でキッチンスタッフからホール係のメイドに移行した。その請求額を支払う為に」

いうと、有能な管理職が無能な部下を眼の前にしたかのような、深い溜息を吐きました。

「その通りなの。仮入部の書類に住所と名前、電話番号、形式だけだからと拇印《ぼいん》を捺《お》して、彼女達に渡し、彼女達の一人からは自分の連絡先を書いたビラを渡され、その時はそれで別れたの。別にサークルに参加してくれなくていいけど、さっきもいった通り大学側の審査が五月末日にあるから、それまでは仮入部を取り消さないで頂戴ね。取り消す場合はそれ以降、つまり六月になってからにしてねと念を押されて……。
　そんでもって六月一日に、私、ビラに書かれた番号に入部取り消しの電話を入れたのよ。そうしたら、先方も、こっちからも連絡しなければと思っていた。仮ではなく正式に部活動をする場合、費用として半年分の五〇万円を振り込んで貰わないといけないし——といってきて」

「里美先輩が、否、入部はしません、仮入部だけの約束だったと返すと、更に膨大な初期費用の振込を済ませるように指示されたんですね？」

　源治君が見透かしたように告げるので、私は首を縦に振るしかありませんでした。

「空手の道着、メンホーやプロテクター、教則本、トレーニング機器一式、活動中に怪我《けが》をしたりさせたりした時の為に入っておく傷害保険料、諸々合わせて百万円を支払うようにと。請求書と振込先の口座などは明日にでも貴方の書いてくれた住所に届く筈だから、入部するにせよしないにせよ、早急に済ませて下さい、でないと延滞利子が付いてくるからといわれて……」

　私はそれ以上、言葉を続けるがやれませんでした。

　もっと詳しく説明しなければと思ったのですが、詐欺に遭ってしまったことの悔しさや、いろんなことが頭の中で爆発しそうになってしまい……。

源治君は私の状況を察してくれたのでしょう、頭に自分の右の掌《てのひら》を置き、幼児にするよう、今度は優しく、よしよしと撫《な》でてくれます。

「英会話のＣＤだとか霊感商法みたいなものだったら、もっと巧妙でも里美先輩、引っ掛からなかったと思いますよ。悪くないです、先輩は――。きっと新入部員を集められなかったら廃部みたく泣きつかれ、ピクニック部のことを想い出しちゃったんですよね。乃梨子先輩や僕、高木さん、そして春野、春崎、二人の後輩の顔が想い浮かんじゃったんですよね。里美先輩は素敵なピクニック部の部長ですよ。有り難うございます」

源治君は私を抱き締めました――。強く、強く――。僕が守るとでもいわんばかりの荒々しい力で、私の息が出来なくなってしまうくらい、そのナヨナヨした華奢な身体の何処から湧いてくるのか不明の腕力で、一時間、二時間、経っているかと思うくらいに長時間、私を離しませんでした。

私は涙をポタポタと零しました。鼻水が止まらず、身体が震え、しゃくり上げは何時まで経っても収まらない。こんな弱くて無様な様子から一刻も早く回復しなければと思う気持ちがある一方、ずっと一人で溜め込んできた辛さや恐怖を最後の最後まで出し切ってしまいたいという衝動が抑え切れませんでした。

きっと、源治善悟郎は、私が正常な私に回復するまで何もいわず縋《すが》らせてくれる。それを知っていて私は甘えてしまう。恋人だからいいよね、私、悪くないよね、我儘《わがまま》だけど赦してくれるよね、頼ってもいいんだよね、それが恋人の特権なんだから、源治君――ご免なさい。でも、君がいてくれて良かった……。

ようやく私の感情がフラットになった頃を見計らい、源治君は私の身体を離し、肩に手を掛け、確固たる口振で告げました。

「里美先輩の元にはもうその女子空手部と名乗る団体からの請求書や振込口座が記載された書類が届いてますよね？　きっと契約書みたいなものも。明日、僕、里美先輩のマンションに行きます。ひとまずそれらを観せて下さい。既に支払った分も含め、僕が取り返します。問題ないです。僕、伊達に二親を弁護士に持っている訳じゃありませんから」

その言葉通り、翌日、源治君は私のマンションに夜、やってきました。

本当はもっと早い時間に来たかったのだけど、週一回の銀座にある料理教室の授業が夕方からある日だったのでこの時間になってしまったと詫《わ》び、料理教室で作ったブリの照り焼きが入ったタッパーを鞄から出し、私にくれました。源治君が私のマンションを訪れるのはこの日が初めてでした。

源治君は変哲もないワンルームの部屋の様子を、立ったまま、まるで上京してきた

親のような目付きで、隈《くま》なくチェックしていきます。そして、

「あ、これ、Emily Temple cute のディアストロベリーアニバーサリーワンピースじゃないですか！　全色、ソールドアウトで再入荷待ちのやつでしょ、いいなぁ」

壁にハンガーで掛けたままにしていた、ほんのりと薄いピンクの生地に苺の柄が入った裾と腰に赤いフリルレースのアクセントが愛らしい Emily Temple cute のワンピースの前に走り寄ると、骨を前にした犬が如く、息をはぁはぁいわせながら眼を輝かせ、眺め始めました。

「ねぇ。このタッパーの中のブリの照り焼きって、ひとまずは冷蔵庫に入れておくべきものなの？」

私が受け取ったタッパーをどうすればいいのか訊ねても、源治君は返事をしません。そして、ワンピースでの眼の保養がいち段落したかと思うと、次は奥の壁に寄せて設置した半円になったピンク色のヘッドボードが特徴的な白いパイプフレームのシングルベッドに眼を移し、

「Francfranc のミニュイベッドだぁ！　僕もこれ、欲しかったんですよ。意外と安いですものね。でもうちの部屋のロフト部分にベッドはキツいし、測ったらこのヘッドボードの高さ自体がそもそも無理だったから泣く泣く、諦めたんですよぉ」

何の断りもなくそのベッドにダイブ、やはり Francfranc で揃えたピンクのベッドパ

ッドの上で身体をバタバタさせ、フリルの付いた白の膝掛け布団、そして枕に顔を擦《こす》り付けるのでした。何なのだ、そのテンションの高さは……。

「女のコの部屋って感じだなぁ……」

至福の表情でにやけまくる源治君に私はいいます。

「それって、女のコらしい部屋に感動して欲情する男子の台詞ではなくて、自分もこういう部屋に棲みたいというあんたの特殊な感想だわよね？」

しかし、馬の耳に念仏でした。

「あのドレープたっぷりのカーテンもFrancfrancのやつですよね？」

「全部は無理だけど、一人暮らししたならベッドとカーテンはFrancfrancで買うって決めていたから」

「青山に二階建ての大型店舗があるんですよね？　京都はイオンの二階に入っている程度だったから、行ってみたいなぁ。里美先輩は青山で選んだんですか？」

「上京を決めて部屋を確保してすぐ、オンラインショップで選んでそれをそのままこの部屋宛に届けさせたから、都内の大型店にはまだ行ったことないわよ」

「行きましょうよ、青山店。その近くに、Melodey BasKetやEmily Temple cuteを置いているセレクトショップ、fraisierもあるんですよね？　後、まい泉の本店も」

「fraisierにはよく行くわ。そのディアストロベリーアニバーサリーワンピースも直接、

fraisierで買ったものだし……。それよか、このタッパーの中のブリの照り焼きを、私はどう扱えばいいのよ？　常温でいいの？　冷蔵庫、それとも冷凍庫？」

「僕がさっき作ってきたブリの照り焼きを、冷凍庫なんかに入れるつもりなんですか？　数日後にレンジで解凍して食おうなんて、里美先輩、サイテーですね。常温で問題ないです。後で二人で食べましょ」

私が部屋の中央にあるIKEAの白い小振りなスクエアのサイドテーブルの上にタッパーを置くと、また源治君は、まい泉に話題を戻します。

「里美先輩、まい泉には、もう行きましたか？」

「行ったことないなぁ。というか、そこも可愛い系のお洋服のお店な訳？　知らないわ」

応えると、明らかに源治君は私を蔑視しました。

「とんかつのまい泉ですよ。ヒレかつサンドとか、滅茶苦茶、有名じゃないですか！　里美先輩って、お洋服のことしか頭にないんですか？」

お前にいわれたくはない――思いつつも、私は更に喋り続ける源治君の言葉に耳を傾けるしかありませんでした。

「まぁ、関西に棲んでいると、とんかつなんて何処の定食屋さんでも一定レベルのものが出てくるし、眼の色を変える必要はなし、知らなくて当然なのかもしれないですけどね。僕にしても上京してまもなくは眼中にありませんでした。

でも東京って、ヤバいくらいに何処のお店もご飯が不味《まず》いですよね。無難にとんかつと思っても、それすら不味い。ならば、とんかつにしては価格設定が多少お高いが、京都の伊勢丹や大丸にまで店舗を出す程、名を轟《とどろ》かせる一九六五年創業というとんかつ屋の本店の味、確かめてみたいじゃないですか」

「行きたいっていうなら、行ってもいいけど」

いうと、源治善悟郎は私の肩にがしっと手を置き、頷きました。

「行きましょう——、まい泉本店。そこで一番高い、会席コースとか頼んじゃいましょうよ、里美先輩の奢りで」

「何で私の奢りな訳?」

「だって里美先輩は、近日中に騙されて振り込んだお金、返って来ますもの」

当然かのよう、源治善悟郎は応えます。私は一寸《ちょっと》、ヒステリックに声を荒らげてしまいました。

「あんた、まだ書類も観てない癖に……。返ってくるかどうかはまだ不明じゃない。とりあえず私は、今まで払ってしまった分に関しては戻らなくてもいいと思ってるの。一括で百万円が無理なら月々、五万円ずつと決められた今後の返済がなくなればそれでいいのよ。そうすればメイドじゃなくキッチンスタッフに戻って稼げるバイト代で普通にお洋服も買えるし、偶には少し美味しいお店でランチも出来るし」

しかし源治善悟郎はまるで慌てず、

「じゃ、今日の本題、その女子空手部と名乗った団体からの書類、早速、観せて下さいよ」

ようやく通常モードの口調に戻し、私に指示を与えました。

私は、予《あらかじ》め用意していたそれらを、ベッドから起き上がった源治善悟郎に纏《まと》め、独りごつようにいいながら渡します。

「ダメ元で、大学の相談センターにも持ち込んだんだけどね。そもそも女子空手というサークル自体の申請や存在がうちの学校では確認やれないし、うちの構内で行われた勧誘だとしても外部の人間のものだったなら介入の仕様がないっていわれて。確かに渡されたビラにも、女子空手サークル新入生求む――とはあるけど、うちの学校の名前や部室の場所なんかは記載されてないのよね」

書類を受け取った源治善悟郎は、ベッドの上に座り直しました。

そして暫《しばら》くは難しい顔をしながら眼を通していましたが、やがて、

「購入品項目一覧――道着二着、帯、メンホー、プロテクター、エトセトラ、エトセトラ。教則本、傷害保険料、ヨガマット、屋根瓦五〇枚、エコバッグ、ヌンチャク……バリカン、美顔器、ネイルライト、コピー機、エクセル講習費、ウォーターサー

バー、炊飯器、ホームベーカリー、高性能方位磁石……」

　新入部員の為に用意したとされる商品明細を読み上げ、

「エコバック、ヌンチャク……。この辺りまでは一応、納得しようと思えば出来なくもないんですが、バリカン、美顔器、ネイルライト、コピー機、エクセル講習費――空手の練習に必要なんですか？　ウォーターサーバー、炊飯器、ホームベーカリー――この辺は単なる家電ですよね。高性能方位磁石――。ここまでくると、意味、解らん」

　唸り、契約の内容が書かれた項目に眼を移し始め、

「月割りにして五万円――。里美先輩は何時から、この相手に支払っているんですか？」

　書類から眼を離すことなく、訊ねました。私は応えます。

「去年の九月からよ……。私だってこんな可笑しな明細で請求された部活動の初期費用なんて払う気はないから、さっきもいったけど、大学の相談センターに持ち込んだりして最初は無視していたのよ。でも七月、八月と振込も連絡もしないままにして、夏休み終わり、九月に学校に行くと教室に、連絡先をビラに書いて私に渡してきた人が訪ねてきて、話があるから来てくれと、学食に連れて行かれて。

　そしたら坊主頭の恐《こわ》そうな男の人がやってきて、私とその向かいに座るビラを渡し

た女の人の横に並んで――。入部するか、仮入部を取り消すかの返事も頂けないままだし、振込も全くない。困ってしまうんですよね、こっちはどうしていいのか途方に暮れているんですと、言葉は丁寧だけど凄み始めて。

私はそれでも、あんな契約書、無効ですとちゃんといったの。出るところに出たら困るのは、不当な勧誘をした貴方達の方になりますよって。そしたら、契約書の内容をきちんと読んでおられないんですねと、前に座っている女性が私に書類の写しを出してきて……。

もしクーリングオフという制度を活用しようとしても、ここの文言にあるよう、部として購入し用意したものは、貴方が買ったのではなく貴方に依頼されて私達が買ったものになるので、貴方がそれをすることは法的に不可能なんです。それにこちらが電話を入れてから一切、貴方は私達に連絡を寄越しませんでしたし、一括で払えないなら毎月分割という提案も反故《ほご》にされました。既に六月、七月、八月分とその返済金には延滞料が加算され続けています――というの。

サラ金なんかと同じで、返済は滞《とどこお》れば滞る程、利子が嵩《かさ》んでいくんですよ。毎月普通に五万ずつ入れてくれれば、百万円なんて二〇ヶ月、貴方が二年生のうちに払い終えられるじゃない――。でも延滞を続ければ社会に出てまでこの返済は延々と付いて回るのよ。私は無知が故の貴方の今の状況が可哀想で……とすら、その女はいったわよ。そして、意地を張るのもいいけど、決断は早い方がいいと思う、有意義な大学生活をエンジョイしたいのなら。貴方が与えた損失が私達、女子空手サークルだけのものなら、個人的に何とかしてあげることも出来なくはないんだけど、うちは誠戒会《せいかいかい》という空手の大きな団体に所属する末端のサークルに過ぎないし……。誠戒会の方々がお怒りなのよと私の手を握りながら脅してきたの」

床に座り、IKEAの白いサイドテーブルの前に正座しながら、成り行きを説明していた私は、立ち上がり、書類とは別の処に置いていた住所もメールアドレスも書いてない、岩村宗介《いわむらそうすけ》という名前と、ＮＰＯ法人誠戒会所属　有明《ありあけ》合気道空手同好会　代表——とだけ毛筆のフォントで入れられた名刺を持ち、それを源治君の横に置いて、話を続けました。

「頃合いを見計らうように、横にいた坊主の男性が、自分も誠戒会傘下の或る大学の空手サークルの人間なんですが、誠戒会の中には暴力団紛《まが》いの右翼団体と絡がっている方々もおられまして……。

筋を通している分には頼りになる方々なのですが、一旦、義に外れることをいたしますと、容赦のない制裁を下されます。まぁこれは、裏を返せば実直な方々といえるのですが……といい、私の前にその名刺を出したの。そして私と会話していた女性を促し、二人で学食を出ていったの。

結局、それで私は九月から五万円ずつ、振り込みをするようになっちゃったのよ。延滞料のこともあるから、メイドのオプションで予想以上に稼げた月は、自分から十万円、振り込んだ月もある」

書類を読み終えたであろう源治君は、私が置いた名刺を手に取り、

「ＮＰＯ法人誠戒会所属　有明合気道空手同好会代表、岩村宗介——か。住所も何も書いてないのに箔押《はくお》しの菊の紋を入れた、いかにも素人を威圧する為だけに刷った名刺って感じですね。頭、悪そう」

愉快気に、けらけらと笑いました。

そうしてそれをベッドの上に粗雑に投げ捨て、

「否、本当に頭、悪い人達ですよ」

書類を私に返し、背後から私に抱き付き、

「まい泉のディナー、何時、行きます？」

耳許で、スゴくカッコいい台詞をいう時、適切であろう調子の囁《ささや》きをしてくるのでした。

私は彼の行動の意味が解らなく、思わずまた、

「源治善悟郎——あんたって人はねぇ！　昨日、問題ないですっていった……。いって、くれたけど、やっぱ、問題だらけよ！　何も解決してないじゃない。そんなにま

い泉に行きたいの？　あんたの頭の中には可愛いものと、料理のことしか入ってないんでしょ！」

金切り声を上げてしまいました。

すると、源治善悟郎は今度は、にっこりと微笑み、ポケットからスマホを取り出し、誰かに電話を掛け始めます。

「有吉《ありよし》さんをお願いします。はい、約束はしてあります。源治善悟郎と伝えて頂ければ」

そして相手と通話が絡がるまでしばし無言でしたが、やがて、

「何時も父がお世話になって……。否々、本当にお世話になっているんだと常々、母もいっているんですよ。……はい、そんな感じで……。へぇ、有吉さんの息子さんも来年に大学受験なんですか？　いやー、僕なんかは親に怒られつつ名もなき私立に入学しちゃったもので、とてもお役に立てませんよ。あー、でも料理の腕にはそこそこの自信があるんで、受験生向けの夜食のレシピくらいは教えて差し上げますよ」

呑気《のんき》な話を終え、電話を切りました。

源治善悟郎は、私の眼を凝視し、ゆっくりと、いい含めるかのようにこう告げます。

「里美先輩と先方が交わした契約書、さっき読みました。仮入部することを承諾すると書いて、その下に先輩が署名、捺印《なついん》があり、更にその下に読み取れないような細か

い字で、第一項、本契約は乙と甲、それぞれの合意に拠る本契約内容は云々……、鹿爪らしい文体でごちゃごちゃと書いてありますけどね、内容を審議する以前に、この契約そのものが成立の条件を満たしてはいませんので、これは只《ただ》の紙切れです」

そして、私が落ち着きを取り戻したのを確認し終えると、今度は、超早口のボカロの如く、こう捲《まく》し立てるのでした。

「消費者契約法第二章、第一節、第四条の第三項――。

この条文に於《お》いて、消費者は、事業者が消費者契約の締結に就いて勧誘をするに際し、当該消費者に対して次に掲げる行為をしたことにより困惑し、それによって当該消費者契約の申し込み又はその承諾の意思表示をしたときは、これを取り消すことができる――と定められています。

その第三項の第四号には、当該消費者が当該消費者契約の締結に就いて勧誘を受けている場所において、当該消費者が当該消費者契約を締結するか否かについて相談を行うために電話その他の内閣府令で定める方法によって当該事業者以外の者と連絡する旨の意思を示したにも拘わらず、威迫する言動を交えて、当該消費者が当該方法によって連絡することを妨げること――とあります。

無論、先輩の案件は、キャンパス内でビラを受け取りサインをしたんですから、監禁を受けるに類似した状況、或《あ》るいは誰にも相談出来ない状況下に非ずです。しかし、この条文の〝威迫する言動を交えて〟は単に、暴力や高圧的な言動のみを指す狭義のものではありません。

里美先輩の場合の、入部して貰えないと部が廃部になり、自分達は先輩に叱られるのだと泣いて告げるというのにも〝威迫〟――の範疇が適用されると判断します。

先方は、一応条文を心得ているから、契約が無効化しないよう、大学キャンパスという、何時でも途中で勧誘から逃れるがやれる状況下でそれを敢行していたのでしょうが、文言の意味をきちんと把握出来ていないのでしょう。

恐らく〝威迫〟と〝脅迫〟を同一化、自分達は決して脅迫はしていないと思い込んでいるのしょうね。さっきの学食での会話のことを聴いても明らかです。

〝脅迫〟にはならないよう注意深くことを進めている。でも完全に〝威迫〟ですよ。

そんな初歩的なことも知らず、自分達は、狡猾《こうかつ》だから人を騙して利益を得られると、自信満々でいる。――この中途半端な頭の悪さが、僕としては非常に腹立たしい。

詐欺を働くなら最低限のインテリジェンスを持つべきです。

仮に第四号が適用の範囲でないとしても、同条、第九号、第十号に照らし合わせれば契約の無効は必然です。

第九号は、当該消費者が当該消費者の申し込み又はその承諾の意思表示をする前に、当該消費者契約を締結したならば負うことになる義務の内容の全部若しくは一部を実施し、又は当該消費者契約の目的物の現状を変更し、その実施又は変更前の原状の回復を著しく困難にすること。

第十条は、前号に掲げるもののほか、当該消費者が当該消費契約の申し込み又はその承諾の意思表示をする前に、当該事業者が調査、情報の提供、物品の調達その他の当該消費者契約の締結を目指した事業活動を実施した場合において、当該事業活動が当該消費者からの特別の求めに応じたものであったことその他の取引上の社会通念に照らして正当な理由がある場合でないのに、当該事業活動が当該消費者のために特に実施したものである旨及び当該事業活動の実施により生じた損失の補償を請求する旨を告げること――です。

第九号、第十号は合わせ技のようにして使われることが多いんですが、重要なのは、第十条に於ける最後の〝当該事業活動が当該消費者のために特に実施したものである旨及び当該事業活動の実施により生じた損失の補償を請求する旨を告げること〟――の部分です。

例えば、友人と食事をして代金は友人が負担した。それから数日後、その友人から車の購入を持ち掛けられたが断った。すると友人が、食事を奢ったのにお前が車を買ってくれないというなら自腹を切った意味がない、大損だとぼやいたので仕方なく購入を了承した――。

こんなケースでも〝当該事業活動が当該消費者のために特に実施したものである旨及び当該事業活動の実施により生じた損失の補償を請求する旨を告げること〟――に、該当するという判例があります。

故に、もし既に空手の道着やら美顔器やらコピー機やらを、里美先輩の為に先方が用意して購入済みだとしても――ま、買っちゃいないでしょうがね――、それは不適切な当該事業活動であり、当該消費者である里美先輩には何ら支払い義務が生じません」

「あんた、何でそんな条文、丸暗記してるの？」

私は殆ど理解やれていませんでしたが、唖然呆然《あぜんぼうぜん》、圧倒され、そう返すのが精一杯でした。

「両親共に弁護士の家に育ってしまうと、日常会話でこういった条文が飛び交うんですよ。この前、第四条の三の第三項が補足修正されてたよなとか、第八条の三って、事業者の債務不履行を、当該事業者、その代表又はその使用する者の故意、又は重大な過失に拠るものを除く――にしているわよね――だとか、ご飯を食べながら普通に、僕は聴かされて育ってきたんです。六法全書なんて一度も読んだことはありませんが、これくらいは自然と憶えちゃっていて」

「そういうものなの？」

「そういうものですよ」

応えると、源治君は急に不機嫌そうに眉を顰《ひそ》めました。

「先輩がいったように、出る処に出て困るのは先方です。——あー。といおうか、もう少しグレイゾーンを突いた巧妙な契約書だと思ってたのになぁ……。この契約書の内容、読めば読む程、作った人達の頭の悪さが推し量れるだけで、何の面白味もないです。僕、今日はせっかく付き合い始めたんだし、これを読んで、この文言はこう解釈することが可能です——みたいに、里美先輩に説明して、頼れる男であるアピールをしたかったんだけどなぁ……」

そして再度、契約書を手に取り、恨めしそうに見詰め、

「大体、この遅延金の取り決めに関する項——違反する遅滞が生じた場合、残元金に対し年利三〇％の遅延損害金を請求することが出来る——。何なんですかぁ……これ？　遅延損害金は最大でも十四・六％と定められています！　これだけでもう違法なんだけどなぁ……」

頭を搔きむしり、歯痒《はがゆ》そうに罵詈《ばり》雑言《ぞうごん》を吐き続けるのでした。

私は荒ぶる源治善悟郎に深く頭を下げながらも、彼を宥《なだ》めねばと、丁寧な口調でゆっくりと告げます。

「源治君——有り難う。とても頼れる男振りだよ——。カッコ良かったよ。惚れ直し

たよ」

しかし源治君は、どうも納得がいかない様子でした。

「本当かなぁ……。まい泉に行きたいだけの食いしん坊がテキトーなこといいやがって、とか心の中では思っちゃいませんかぁ？」

「思ってないよ。もし源治君のいったことが出鱈目《でたらめ》だとしても、契約を反故《ほご》に出来なかったとしても、源治君も一緒に何とかしようとしてくれてるんだ――。そのことだけで私は荷物を半分以上、下ろせた感じだよ。勿論、親に泣き付けば、この額のお金なら一括で支払ってくれると思う。怒られもしないと思う。……でも、それで、荷物が軽くなる訳ではないから」

「出鱈目なんていいませんし、気休めをいったつもりもありません。僕は単にこの契約が無効である正当な説明をしただけです。里美先輩の役になんて立っちゃいないですよ」

「私は法律のことなんて解らないし、自分でググってもクーリングオフにはならない案件のようだ、不安を煽る霊感商法やお年寄りや子供など判断能力の欠如した者に商品を売るというような案件とも違うから……と、諦めてしまっていたから」

「……」

無言になる源治君にどう接していいのか解らなくなってしまい、私は、

「ね、さっきのブリの照り焼き、食べたいな」

IKEA のサイドテーブルに置いたタッパーを指差し、無理矢理、その前に源治君を座らせ、お箸を二膳と、一皿、九九円だけどそこそこに可愛いシンプルな IKEA の白いお皿を二人分、キッチンに取りに行き、冷蔵庫からミネラルウォーターのペットボトルを出し、大きさの異なる対になったマグカップと共にテーブルに配置しました。

すると、源治君の目付きが変わります。

源治君は、私が用意したドット模様のマグカップに心、奪われた様子でした。

「おや、このマグカップ。白に赤の水玉模様——。こ、これは！ Shirley Temple の親子マグカップじゃないですか！ うう、可愛い」

何だ、この単純さは……。

やっぱり、この男は可愛いものと食べるもののことしか頭にないのか……。

「この場合、僕はどっちのマグカップを使えばいいんですかね。男だから大きい方？でも後輩だし小さい方なのかなぁ」

源治善悟郎は、Shirley Temple の親子マグカップを眼の前にしながらはしゃぎまくります。

「好きな方を選んでいいよ」

私がいうと、源治善悟郎は小さい方を指差し、「こっち」と、あざとい女子が男子を誘惑する時にするよう、それを両手で抱え、水を注いでやると、子供のような飲み方で水に口を付けました。

「この契約は無効──であるのは明々白々なんですが、先方にさっきいった理由を里美先輩が告げるのは難しいでしょうし、僕がやってもいいんですが、里美先輩としては所詮《しょせん》、素人──と、やっぱり不安でしょう。

勝手ながら昨日のうちに、父に電話をして大まかに聴かされた内容を伝えました。僕が消費者契約法の第四条で処理出来るよねと訊ねると、ほぼ問題なかろうといっていました。ですから里美先輩さえ嫌でなければ、この案件、弁護士に依頼して代行処理して貰おうと思ってます。

父が所属する同じ事務所の東京本社の有吉さんという人にお願いしようと。さっき僕が電話した人です。父と事務所に入ったのが同期で、仲良いんですよ。

三年くらい前、東京本社に転属になるまでは家族ぐるみの付き合いでしたし僕もよく知った人です。費用は気にしないで下さい。簡易な案件ですし、只《ただ》でいいといってくれてます。その代わり、僕に来年に受験を控えた息子の家庭教師を暇な時にやってくれと有吉さんはいってましたけど、有吉さんの息子さん、優秀ですし、ま、ジョークみたいなものですよ。

オフィスは銀座線の虎ノ門駅から降りて徒歩、十分くらいです。里美先輩の都合のいい時に連絡すればスケジュールを空けてくれる手筈は付いてるので。代理人契約だけだから十分も掛からないと思います。少し気後れするようなら僕も一緒に行きますけど」

「そこまでして貰うのは逆に恐縮するよ。私、一人で行けるから」

源治君に連絡先を教えられ、私は翌日、その有吉さんがいる弁護士事務所に向かいました。

自分の父親とほぼ同い歳に思える紺のオーダーメイドであろうシックなスーツを着た有吉さんは、私の話を聴き持って行った書類を観せると、ほぼ源治君がいったと同じことをいい、既に支払った金額は全額、取り戻せます。先方が背後に右翼を装った暴力団の影をちらつかせたのはほぼ、ハッタリですね。誡戒会なんてNPO法人の登録はありませんし、暴力団やそれに類似する団体に詳しい者に訊いても該当するものは見当たりません。もし背後にそういう団体があるのなら、善悟郎君がいうようにもう少し気の利いた契約書を拵えますよ。大学生とそのOB達が小遣い稼ぎにしているセコい詐欺のようなものだと思います。弁護士バッチを付けた私が乗り込めば、それだけで小便をちびらせるでしょうよ——笑い、これは立派な詐欺、脅迫として立件可能ですからお望みならば、先方を訴え、逆に損害賠償金をふんだくれますがどうします？　訊ね、私が支払ったお金が戻るならそれ以上は必要ないですと返すと、欲がないお嬢さんだなぁ、頷き、ところで、貴方は善悟郎君の何？　彼女？　えー、高校時代の先輩で今は彼女なの？　彼、ゲイじゃなかったのかぁ……しきりに可笑しな感心の仕方をしていました。

春野さん、春崎さん——、こうして私は妙な悪徳商法から逃れることがやれ、バイト自体は辞めないものの、メイドから元のキッチンスタッフに戻して貰いました。返ってきたお金で約束通り、源治善悟郎をまい泉に連れていき、一人、七千円の会席コースを奢りました。恋人同士である私達は、一緒に fraisier にお買い物にも行ったし、Francfranc のウインドウショッピングもよくデートに使いました。東京に来てからは身体がなまっちゃってるなと、源治君がいうので高尾山《たかおさん》にでも行ってみようかと、二人で京王線に乗り高尾山口から高尾山のハイキングコースをトレッキングすることもありました。

源治君がうちに来ることもあったけど、お泊まりをする時は私が源治君のマンションに行くことの方が多かったかな。何せ学生の一人暮らしのマンションという名のそこは厨房、源治君の部屋に行けば、本格的な料理が何時だって頂けるのだもの。否、春野さんと春崎さんのように私は食い意地から、源治君の部屋でのお泊まりを選択したのではないことよ。どっちかといえば、家でご飯を食べるなら僕の部屋でと、その誘いは源治君からすることの方が多かったのです。

源治君にしてみればどちらの部屋で過ごすにしろ料理を作る場合、自分が作りたい。だからどうせなら、私のマンションの簡素なキッチンではなく自室のキッチンを使いたかったのでしょう。その頃の源治君は、銀座の教室に通っている影響もあり、家庭料理にハマっていたわ。

「結局、究極は家で毎日食べる普通の料理なんですよね。フレンチのコック長が家でも三食、フレンチな訳ないのだから」

――いい、豚の生姜《しょうが》焼きや金平牛蒡《きんぴらごぼう》、かぼちゃの煮物、ハンバーグ、ポテトサラダ、五目炒飯《チャーハン》などを作ってくれたわ。

でも、特に彼が拘って作ったのはオムライスを含む、だし巻き玉子などの卵料理でした。

「牛乳を加えるとふわふわに出来るんだよね、ネットに書いてあった」

という私に、源治君は軽蔑の眼差しを向け、こう返します。

「そういう裏技を使うと卵本来の味が曖昧になります」

源治君はオムレツならば少量の塩と胡椒、だし巻き玉子だったら薄口醬油《しょうゆ》、味醂《みりん》、塩、粉末出汁《だし》と片栗粉しか用いません。

卵を焼くことにしか使わない専用の銅製の四角いパンを源治君は、合羽橋の飯田屋《いいだや》という専門店で購入していました。

源治君に拠れば、ふわふわの卵焼きを作る際、火は中火からやや弱火の間で調整、油を注いだパンで流し込んだ卵が程良く固まったならパンを振って下から上に巻き、空いたパンの部分にまた油を足して、新たに卵を流し込むを繰り返すだけでよいのだけれども、火力や卵のコンディションは常に異なり、正確なマニュアルなぞ作成しようがないのだから、経験で自分が最適だと納得出来る値を見付け出すしかないのだそうです。

ふわふわにするといっても、オムレツのふわふわとだし巻き玉子のふわふわでは、ふわふわの概念が異なる。そしてオムレツとして最高のものが必ずしもオムライスに適したものとなる訳ではない。

「素材が命。だからとて高級な卵を使えば美味しい——というのでもないんです。特にオムライスはね、いい卵を使い過ぎると下のケチャップライスと相性が合わなくて、調和が取れなくなったりします。ライスの状態を考慮して、ふわふわ感を抑え気味にしなければならない場合だってあります。ライスに寄り添う形で、卵という素材の良さを敢えて殺すとでもいうのかなぁ」

春野さん、春崎さん——。

私と源治君は付き合い出してから、半年経たずで別れました。

恋人同士としてやることは全部、済ませたわ。彼との営みで私はオーガズムも知ったし、一時は殆《ほとん》どのカップルがそうであるよう、逢うと猿のように只《ただ》、延々とそれに明け暮れる時期も二人は経験、しました。

春野さん、春崎さん――よくお聴きなさいね。

源治君は絶倫なのよ。一晩に五回でも六回でも、へっちゃらなの。終わって十分もしないうちにまた、すぐに復活するの。量も半端ないしね。あれっ？　私は後輩である貴方達に何を吐露しているのでしょう。やっぱり、これは忘れなさい。

でも、訂正がやれないことは一つ――。

私と源治君は、恋人という関係性を解消することになったのです。

どちらかに原因があった訳ではない。

私達は時を重ねるに従い、互いへの気持ちを更に更にと、深くしていったわ。源治君は彼氏として昨日より今日、今日より明日、常にバージョンアップを重ねたし、多分、源治君にとっての私も同じだった筈。

けれども、恋人同士としての関係性が密になればなる程、ある時点から私達は噛み合わなくなってしまったのです。一緒ならば、どんなジグゾーパズルも完成させられる強力なタッグの二人だった――。乃梨子がいうように相性バッチリ。私と源治君は互いがそのパートナーになる為に生まれてきたような存在であったと、今でも思います。未練とかを抜きにしてね。

だけど、その相性の良さが、却《かえ》って良くなかったのかもしれません。

女子と男子って、気が合い過ぎると駄目になってしまうものなのかな？

春野さんと春崎さんは、よく双子コーデをしていたじゃない？　前日に話し合って決めるの？　訊くと「そういう場合もありますし、そうでなくても、上から下まで全部同じ、みたいなことはしょっちゅう、あるんです」と教えてくれたじゃない？　それって、女子同士だから問題なく続くのだと思う。

表紙が薔薇《ばら》柄のピンクのLADUREEのレターセット、Amazonで見付けて、可愛いと思って買ったら、源治君も同じ時期に同じものを買っているし、メルカリにATSUKI ONISHIのチェリー柄のパジャマが出品されていて、結構、高いからどうしようかなと迷っていると、売れちゃっていて、しょうがないやと思ってたら源治君が部屋で着ていて、入手したのは彼だと解ったりして……。腹は立たないし、それだけ気が合うのは当然、二人共に、愉快な訳なのだけど、そのジャストフィットな感覚が、どういう理由かは不明なれど、或る時期から、二人の間に齟齬《そご》を齎《もたら》し始めた。

妙な喩《たと》えでしょうけれど、オムライスに於《お》けるオムレツとケチャップライスの関係性のようなものだったのかもと、思ったりもしてしまう。

卵はライスの為に最高のふわふわオムレツになろうとし、ライスは卵の為に最高のケチャップライスになろうと、努力をする。

お互いが努力するのは、卵は動物性食品であってライスは穀物、全く別の素材だからでしょ。どうやっても卵はケチャップライスにはなれないし、ライスもオムレツにはなれない。もしなってしまったら、そもそもオムライスという料理は生まれない。

私達は、互いを高め合おうとした結果、一方はオムレツとしてのパーフェクトを、一方はケチャップライスとしてのパーフェクトを目指すしか、選択肢をなくしてしまったのかもしれません。

源治君がいうように、オムレツとして最高のものが必ずしもオムライスに適したものとなる訳ではない。いい卵を使い過ぎると下のケチャップライスと相性が合わなくて、調和が取れなくなったり――するから、オムライスのオムレツは時にライスに寄り添う形で、卵という素材の良さを敢えて殺さねばならない――ことが、あるのでしょう。

付き合った経験なんて、私は源治善悟郎しかないのだから、この特殊な相手との関係性を、一般の恋愛に当て嵌《は》めるべきではないのでしょうが、私と源治善悟郎は、だから、互いに恋人という立場、役割を解消しなければならなかった。

私と源治君にとって、別離《べつり》は――卒業――みたいなもの、だったのかもね。

先輩と後輩だった二人は、ワンゲル部で乃梨子同盟を組み、解散、そして恋人という宮《きゅう》でまた、異なる役割のパートナーシップを結んだ。でもその宮も延々と居座れる場所では、なかった。黄道《こうどう》の十二宮を星占いが巡っていくように、一定期間を過ぎると、私と源治君は恋人の宮から卒業していかねばならぬ宿命を持っていた。

恋人の宮に一瞬だけだったとして、二人が入ったことを私は悔やんではいません。

春野さんも春崎さんも、ワンゲル部に入部し、ピクニック部として活動してきたことを悔やんじゃいないでしょ？　永久のピクニックなんてものはないのよ。もしあったなら、それはピクニックではなくて、浮浪者生活じゃん。

私はオムレツを作る源治君の姿を観るのがとても好きだったから、厨房と化した彼のワンルームのシステムキッチンで横に立ち、よくその所作を眺めていました。

当然、料理は出来ないよか出来るに越したことがないから、源治君を真似《まね》して、自分のマンションのキッチンでオムレツを作る練習も始めました。源治君とは経験値がまるで異なるから追い付くことなぞ不可能でしたが、お手本が素晴らしいので、繰り返すうち、一般人としては問題ないレベルのオムレツを作れるようになりました。源治君に食べて貰っても、問題ない、美味しいとの評価を貰えるまでに至りました。

そして更にこうすればいいというアドバイスを実地で源治君から学び、私はオムレツに掛けてだけは、かなりの腕を持つ女になりました。

これは、メイド喫茶でキッチンスタッフに戻ってからの仕事にも大きな影響を与えました。

　メイド喫茶のキッチンスタッフなんて本当に誰でもやれるので、ケチャップライスもそれに乗せるオムレツも、特に専門で作るスタッフが決まってはいなかったのですが、私が卵を担当したオムライスは他の人が作るオムライスと全く違う――そう、休み時間、厨房で食事を摂《と》るホール係のメイドちゃん達がいい始めたのです。

「オムライス、最近、味が変わりましたよね」

「否、別にレシピも何も変えてないよ」

「そうかなぁ。前に食べていたのより最近、断然と美味しい気がするんです。今日のこれは普通ですけど」

「私も思ってた。昨日のオムライス、確かに美味しかったし、三日前も美味しかったんですよ」

「気のせいでしょ。メロンちゃん、どう思う？」

「気のせいじゃないですよ。ポポニャンがオムライス担当の時は美味しんです。だから厨房で食事摂る時、少し前から私は、ポポニャンがオムライスの卵ポジションの時は絶対、オムライスと決めてますもん」

　一旦、メイドとしてホールに出てからは、キッチンスタッフに戻っても私のここでの呼び名はポポニャンのままでした。

メロンちゃんの発言があってから私は、キッチンでオムライスの担当として役割を定着させることとなりました。メイド喫茶の厨房ですからそれだけをやっていればいい訳ではないのですが、オムライスのオーダーが入ると、卵は私に託されます。

春野さん、春崎さん――。

源治君と別離したのはね、クリスマスが来るまでにまだ一ヶ月以上ある、私の誕生日の日だったの。

源治君は誕生日プレゼントとして、自分が卵を焼く時に使っているのと同じ、飯田屋の専用の銅製の四角いパンをくれました。

業務用の商品を扱うこのお店では可愛いラッピングなんてしては貰えないからと、わざわざ、cerise のリボンが一杯付いた生成《きな》りのトートバッグに、やはり cerise のちっちゃな赤い首にストライプのリボンが巻かれたテディベアと共に入れ、渡してくれました。

「cerise って今はＷＥＢストアですけど少し前までは原宿にお店があったらしいですね。元 Shirley Temple のスタッフだった人がやっているんだそうです」

「ねぇ、源治君――」

誕生日なので当然、ケーキも食べます。源治君は丁度、二人分の大きさの苺のショートケーキを拵えて来てくれていました。

特に凝ってはいないスポンジは白いクリームで覆い、上部の中央に苺を重ね、周囲に花弁のようなものをホイップで付けたシンプルなケーキでしたが、ほんのり甘くて溶けるような柔らかさのスポンジとそれをコーティングしたクリームの胃凭《いもた》れしないあっさりとした調和が超絶的に素晴らしく、このケーキなら毎日、三食出されても飽きないで食べてしまうだろうと思わされるものでした。

東京では総菜を含む家庭料理を極めようと頑張る源治君でしたが、ピクニック部の頃を知っている貴方達にいうまでもなく、お菓子作りは源治君の料理への情熱の核、特にショートケーキに対する彼の姿勢には特別なものがありました。

派手さや奇の衒《てら》いを一切排除して、ショートケーキがショートケーキとしての存在をより強固なものに出来るよう、源治君はショートケーキを作る時、心掛けていました。

お茶が茶道として侘《わ》び寂《さ》びを持つならば、源治君はショートケーキで、ショートケーキ道みたいなものそれを、追求したのだと思います。「ショートケーキはありきたりでいい。シンプルである程、それは可愛いのだから。ショートケーキに何かを足したり加えたりするのはショートケーキに対する礼を欠く行為です」——と、源治君は何時も、言葉少なにその認識を語っていました。

「私達って、このまま付き合っていていいのかなぁ？」

ケーキを食べ終え、お皿を片付けてから、私は源治君に問い掛けました。

「里美先輩も、気付いていましたか……」

淋《さび》し気に、源治君は言葉を返しました。

「私は源治君に何の不満もないし、源治君のことが好き。恋愛感情がなくなってしまった訳ではないの」

「里美先輩――。僕とキスする時、未だドキドキ、しますか？」

「するよ、ドキドキする」

「一人でいる時、僕の顔、思い浮かべること、ありますか？」

「あり過ぎるよ……。これ、源治君に観せたいな。これを知ったら、源治君、ものスゴい勢いで悪口いうだろうな……。気が付くとそんなことばっか、考えてる。どんどん、源治君のことを好きになっていく。一昨日より昨日、昨日より今日。そして三分前より、こうしてこんな話をしている今の方が、好きという気持ちが大きくなっている。自分でも気持ち悪いくらいだよ。多分、それは明日も明後日《あさって》も変わらない。好きの大きさは更に加速度を上げて膨らみ続ける」

「僕も同じです。これ、里美先輩に食べさせたらどういう反応をするだろう。里美先輩の為にもっと寝心地のいいお布団、買い直した方がいいかな？　里美先輩は今頃、メイド喫茶でオムレツを作ってるかな？　厨房からメイドに戻されていないいかな？

そしたら里美先輩のこと、厭《いや》らしい眼で観るお客さんが里美先輩にケチャップのオーダーをする。それは赦《ゆる》せない……。ウジウジと男らしくない考えばかりが浮かんできます。里美先輩のことでもう、頭が破裂しそうです」

「私、源治君に嫌われたくない。もっと好きになって欲しい」

「同感です」

源治君は頷くと、言葉を切り、ゆっくりと問い掛けました。

「僕と別れることになったら、後でこっそり泣きますか？」

まるで自分自身に発するかのような問いに、私は応えました。

「泣くと思う」

源治君は念を押すよう、更に問うてきます。

「スゴく、泣きますか？」

私は怒鳴るくらいの勢いで、

「スゴく泣くよ。多分、源治君がドン引くくらい、号泣するよ！」

応えました。

「嬉しいな……」

「何て馬鹿な、取り返しのつかない決断をしたんだろうと、一晩中、泣き明かす。あんな優良物件、どうして手放すの、もう絶対にあれ以上のものなんてないのにって、壁に頭をガンガン、叩き続ける。頭蓋骨が粉砕するまで」

「僕もです。僕に付き合えるのなんて、里美先輩しかいないじゃないか――。頭を頑丈なホシザキの冷凍冷蔵庫の扉に、くぼみが付くまで、叩き付け続けますよ」

源治君は、そこで言葉を詰まらせ、暫く沈黙しました。

「僕が帰る時、最後に――頰にでもいいですが、キスとか欲しいと望みますか？」

「望まない」

私が笑うと、源治君も笑いました。

その時、多分、二人を結ぶ糸は、プツンと音を立て、切れてしまった。

「僕もしようと思いません。多分、そういうところが原因なんですよね」

今、さっきのは嘘――冗談のよう取り繕い、この人の首にしがみ付いたならば、原因は解消され、今日よりも更に、恋人としての絆が二人を強くするような気がした。

けれども……。

春野さん、春崎さん――、私はしませんでした。源治君に対してフェアじゃないと思った。好き同士だし、好きの大きさは僅かも減ってないし、仲違いする要素なんて見当たらないのだし、そうしたならば、関係は継続するだろうけど、女子、或《ある》いは彼女という立場を利用して自分が源治君に不誠実なことをしてしまう、源治君に対し礼を欠いてしまう気がして、出来なかった。

私は源治君へ爽やかに別れを告げなければならない。

源治君もそうしようと、多分、踏ん張ってくれている。私達はワンダーフォーゲルの精神を持つ者達なのだから、爽やかさを重んじなければならないのだ。

源治君が帰って行った夜、私は本当に、ヤバいくらい、身体の水分を全て、外に出し切ってしまうくらいに泣き続けながら、源治君がくれた飯田屋の専用の銅製の四角いパンでオムレツを作り続けました。冷蔵庫の卵のストックがなくなってしまっても、涙を流したままコンビニに行き、棚にあるだけの卵のパックを買い占め、朝まで新しいオムレツを作っていました。

もうその出来栄えを源治君に審査して貰い、アドバイスを受けるは敵《かな》わないのだけれども、他にやれることを思い付けなかったから……。

恋人の関係の解消を持ち掛けたのは私の方だし、源治君は同意したけど、どちらが悪いかを判定しなければならないのなら、私が悪いに決まっているじゃん。多分、私は源治君の方から切り出されるのが嫌で、わざわざ自分の誕生日にそれを口にした。誕生日にプレゼントを渡した後、別離《べつり》を切り出すような非道《ひど》い真似を、源治善悟郎は絶対にしないのを解っていたから。

私は狡《ずる》いんだ。ワンダーフォーゲルをする者が持つ爽やかさの欠片《かけら》すら持たないのかもしれない。

でも女子はこういう狡さを生まれながらにして持っているのです。胸や子宮の有無で性差なんて決まらない。女子は狡いから女子なんだ。源治善悟郎はシスターボーイだけど、狡くない。もしどうしても可愛いロリータのお洋服を毎日、着たくなってしまい、源治君が身体を女子のものに改造してしまったとしても、この生まれながらの狡さを持ち合わせない限り、源治君は女子にはなれない。男子では、なくなるかもしれないけれど、女子にはなれない。源治君——、君に私達が所有する、驚くべき狡さは、一欠片《ひとかけら》も理解やれないし、共有出来ない。だから、だから、困るんだよ。別れなきゃいけないいんだよ！

以来、源治君とは連絡すら取り合わなくなりました。私はクリスマスの日もメイド喫茶のキッチンでオムライス用の卵を焼き、翌年、大学三年生になりました。

夏からバイト先を少し異動することになった以外、特に貴方達に報告することはありません。

バイト先の異動というのは、働いていたメイド喫茶の新店舗のキッチンスタッフとして引き抜かれたからなの。もうメイド喫茶なんて一時に比べれば珍しくも何ともないし、これ以上、伸び代が望めない。そこでオーナー——つまり私が最初に働いていたイタリアンのお店も含む系列店を束ねる社長さんが、他のメイド喫茶と一線を画す高級志向のメイド喫茶を作るといい出した。

新しいメイド喫茶は人気ナンバーワンを誇るメロンちゃんを店長とし、メロンちゃんプロデュースとして開店させる。ですからホール係のメイドの人選、面接、教育を含め、お店のコンセプトに関わることは実際に、メロンちゃんの意見が大きく反映されることになったのです。

そのメロンちゃんが真っ先に口にしたのは、メニューの改善。メイド喫茶だからといって適当な料理で赦して貰える時代は終わった。それなりに美味しいと思って貰えるものをそれなりに高い価格で提供する――、その意見に社長も同感したので、メロンちゃんは私をキッチンスタッフとして連れて行くことを決めたのでした。

「ポポニャンのオムライスはそんじょそこらのファミレスの味を遥《はる》かに凌駕《りょうが》してます。今まで既存のレシピでしか腕を振るえなかった彼女が、オムライスの選任スタッフとして最初から参加すれば、更に美味しいオムライスを作ってくれるでしょう。最早《もはや》、メイド目当てではなく、あすこはメイド喫茶ではあるけれどオムライスが最高なんだ――そういわせるオムライスを提供出来たなら、これまで以上に幅広い客層を呼び込めると思います」

こうして秋葉原のメイド喫茶密集地域よりかなり距離をとった雑居ビルの二階に、メロンちゃんプロデュースの高級メイド喫茶は開店しました。

無論、メイド喫茶ですので「お帰りなさいませ、ご主人様」でメイドのコスプレをしたホール係がお出迎えをし、「美味しくなあれ、萌え萌えきゅん」の魔法でケチャップをオムライスに掛けたりはします。しかしこのお店ではメイド達が一時間毎にステージで拙《つたな》いダンスと歌を披露するようなイベントはない。店内にはテレマンやクープランの優雅な古楽が流れ、お客様用の椅子やテーブルもアンティーク調のもので統一、上品な佇《たたず》まいを保ちます。珈琲《コーヒー》は自家焙煎《ばいせん》、紅茶はフォートナム＆メイソンの茶葉を使用するなどメニュー自体は少ないながら、飲み物は高級ホテルのラウンジ並みのクオリティで、一杯、二千円以上します。そしてフードはオムライス、ホットケーキ、フレンチトースト、アップルパイのみ。

つまりがっつりとお腹を満たそうとすると、この店舗ではオムライスを頼むしかないのです。オムライスは私の担当。メロンちゃんの思惑通り、私のオムライスは三千五百円というべらぼうな価格であるにも拘らずとても評判になりました。ケチャップライスの量は、男子の為に最初から通常のオムライスの一・五倍。

しかし、注文数は一皿、五千円の小さなホットケーキに負けるのです。

何故ならホットケーキは、メロンちゃんが自らお作りあそばすので……。

さほど技術を持ちませんでしたが、メロンちゃんのホットケーキは美味しかったです。

メロンちゃんに拠れば、卵とグラニュー糖はよく混ぜ合わせること、しかし別に拵える薄力粉、ベイキングパウダー、砂糖を合わせたものとそれを泡立て器で攪拌《かくはん》させる時は、とろみを残した程度で作業を終えるのが美味しく焼くコツだそうです。

「南青山に、銀座WESTってカフェがあるんですけど、私、そこのホットケーキが好きなんです。只《ただ》のホットケーキなんですけど、うわー、ホットケーキってこんなに美味しいものだったんだーと思って、それで料理なんてしたことなかったのに、ホットケーキだけは勉強して焼けるようになって……。

メイド喫茶で働くのは小学生の頃からの夢だったんですよ。この格好をして可愛いお店で、美味しくなあれの魔法を掛けるお仕事——。でも自分がいざメイドになって、料理を作っているのがメイドさんじゃないことに愕然としました。だからね、このプロデュースの企画を聴かされた時、絶対に自分で作ったメニューをお客さんに出したいと思ったんです。とはいえ私が作れるのってホットケーキだけだし。そこでポポニャンに協力して貰いたかったんです。男の人達って、満腹中枢が満たされないと駄目らしいので」

お店の雰囲気自体は、南青山ではなく銀座にある本店の喫茶室、WESTをイメージしてみたのだといいます。銀座本店は私も一度、行ったことがあります。表でテイクアウトの焼き菓子を販売しているシックな古いカフェ。テーブルの上に白いテーブルクロスがきちんと敷かれている可愛いカフェがあるのだと、付き合っている時、源治善悟郎に連れて行かれた。

　フードメニューとしてオムライスとホットケーキのみというのでは余りにお粗末だと社長はいい、メロンちゃんに一時、メイド喫茶の厨房をやっていたものの、今は渋谷のイタリアンレストランの系列店のコックに戻された尾佐薙《おさなぎ》さんという人を、キッチンスタッフに入れるのではどうかと提案をしました。メロンちゃんは尾佐薙さんという人に余りいい感情を持っていなかったようですが、彼なら食品衛生責任者の資格もあるし、自家焙煎の珈琲の知識も英国式の紅茶の知識も相応に持っている。厨房の主任は誰かそういうきちんとした人間を置かねばならぬのだし……という社長の言葉に従うことにしました。

「メイドにセクハラしてきたり、一寸《ちょっと》、問題がある人だったんですよ。私もしつこくLINE交換、迫られた時期があったし……。それでいて客はリア充にはなれないキモオタばかりだと馬鹿にしたりもしていて……。メイド喫茶からイタリアンに戻された時にその辺りのことを社長からきつく叱責《しっせき》されたそうだし、社長もそれを心得た上で再登板させようとしているのなら、改心したと考えていいと思うのですが、一応、ポポニャンも気を付けておいてね。何か嫌なことされたら、真っ先に私にいって下さい」

　メロンちゃんの不安は杞憂《きゆう》に終わりました。尾佐薙さんは厳選されたホール係のメイドに変なちょっかいを掛けることもなく開店前から粛々と、自分が担当する珈琲、紅茶、そして他のキッチンスタッフにも手伝わせるフレンチトーストやアップルパイの仕込みを丁寧且《か》つ迅速に進め、メロンちゃんには自宅で作るホットケーキと店の厨房で作るホットケーキの違いを教え、私には「君はオムレツに関しては問題ないが、ケチャップライスには改善の余地があるね」、それをどうクリアすればいいのか、簡潔に教授してくれました。

——が、人はそう易々と心を入れ替えられるものではないのよね、春野さん、春崎さん。

開店してから表面上は順風満帆にこの新店舗は営業を続けていたのです。私にしろ、オムライス担当という役目を与えられ、その味が評価され、バイトながら毎日、やり甲斐を感じつつ過ごしていました。食べログに「絶品の王道オムライス！　もうメイドさんのケチャップなどいらない！」と五つ星でレビューが載った時は、小躍りしてしまいました。メロンちゃんとはプライベートでも行動を共にすることが多くなり、互いの家でお泊まり会をするまでの仲になったわ。「ポポニャンのフライパンって卵を焼く為だけのマイ・フライパンなんだ。スゴいなぁ。カッコいいなぁ。まだ下手糞だけど、私も何時か、ホットケーキを焼く為だけのマイ・フライパン、欲しいなぁ」というので、一緒に合羽橋に買いに行ったりもしたわよ。

源治善悟郎は彼女のことを、ブス、品がない、涙袋の描き方がザツ、カラコンの着色直径大き過ぎ、これじゃホラー映画の登場人物だと散々、罵りましたが、ホームページの写真しか観てないからそんなことがいえたのです。メロンちゃんはスッピンでも可愛いもん。乃梨子の可愛さとは全く異なる可愛さなのだけれど、少なくとも春野さん、春崎さん――貴方達が写真でどうレタッチを施そうが、カラコンの着色直径を大きくしようが、メロンちゃんには敵わないですよ。

彼女を推すお客さん達が、ホットケーキを一度に二皿、ついでにドリンクも頼み、彼女に給仕をして貰い、そのホットケーキにメイプルシロップを掛けて貰うが為、平気で一万円以上、使ってしまうのを嗤《わら》うことはやれない筈。それだけの価値がメロンちゃんの可愛さにはあるのです。

ですから、「何か嫌なことされたら、真っ先に私にいって下さい」――メロンちゃんはいってくれたけれども、私は彼女に打ち明けることが出来ませんでした。せっかく自分のメイド喫茶のメイドとしての理想を具現化出来た彼女の眼前に、暗い影を置きたくはなかった……。こう告げれば、春野さん、春崎さん――、私が尾佐薙さんという主任にセクハラを受け、それに耐え……と思ってしまいますよね。それは少し違うの。前の尾佐薙さんのことは知らないのですが、私の知り合った尾佐薙さんはそういうことをする人ではありませんでした。

只《ただ》、かつて、メイド喫茶に来る客はリア充にはなれないキモオタばかり――といったように、或る種、偏見が強い人だったのは確かです。否、尾佐薙さんのような人は、逆に多勢、ノーマルな感覚の持ち主なのでしょう。

あのね——春野さん、春崎さん。

私に五つ違いの兄がいるのは話していたっけ？　子供の頃は父に連れられ、一緒に大吉山にのぼったりしていましたが、歳が離れているし、何時の間にか、常に部屋に閉じ籠っている内向的な性格の人になってしまったので、現在は兄妹《きょうだい》とはいえ、ほぼ接点を持つ機会がないのですが、今年の夏——丁度、メロンちゃんの高級メイド喫茶がオープンするのとほぼ同じ時期、この兄が、一寸《ちょっと》した事件を起こしてしまったのです。

新聞沙汰になるようなものではなかったのだけれど、一部のネットで、実名入りで兄の事件は面白可笑しく暴露されてしまった。父も母もその事件に関して知らせてはくれなかったから、私は数ヶ月間、知らないままだったの。多分、東京で一人暮らしをする私に余計な心配を掛けたくなかったのだと思います。

事件の概要を私に教えたのは、尾佐薙さんです。或る日、営業が終了し、二人で厨房に残って次の日の仕込みをした帰り、私服であるMelody BasKetのワンピースに着替え終えた私に、尾佐薙さんがこういって、きた。

「君って宇治市の出身だよね。五つ違いのお兄さん、いるでしょ？」

私は出身地くらいはメロンちゃんか他のメイドちゃんに聴いたのかなと不思議に思わなかったのですが、兄がいることは誰にも話していないし変だなと思い、嫌な予感に身体を震わせました。

「小学一年生の女のコに大吉山で悪戯を働いて、逮捕されたらしいじゃん。幸い、未遂のような形で起訴はされなかったみたいだけどさ、ネットでは結構、盛り上がってるよ。大吉山って、ここ数年、有名なアニメの舞台として聖地巡礼っていうの？　それで訪れるオタクも多いみたいだね。そういう人達が中心となって、こういう奴がいるから自分達が同類に思われる、どうして不起訴になったんだ、危険人物は一生、刑務所に入っていろ、小児愛者の性癖なんて治療出来ないんだからロボトミー手術を強行すべき——というふうにかなり叩かれてるよ。実名、住所なんかも晒《さら》されている。俺、もしかしてと思って君の履歴書、調べたんだよね。そしたら実家の住所がその犯人のものと合致してさ——」

薄笑いをしながら、脅迫なのか軽蔑なのか不明な表情と口調で、尾佐薙さんは兄の事件がスレッドとして立っているネットの頁《ページ》をスマホ画面に出して、私に向けました。

「基本、俺、メイド喫茶に来る客もこうして騒いでるオタク達も、嫌いなんだよな。でも渋谷のイタリアンの系列店にいては昇級もなかなか難しいし、社長がこっちで主任として実績を上げれば将来、査定が良くなるといってくれたから真面目にやらせて貰っているんだけどさぁ」

渡された尾佐薙さんのスマホの画面をスクロールしながら、私は自分の正気を支えるので精一杯でした。確かに兄の名前が出ている。大吉山で六歳の少女に性的な悪戯をしようとして未遂に終わったが、一緒にハイキングに来ていた両親の通報で警察に逮捕、事情聴取を受けたと記されていました。この件は未遂だったけど、こういう奴は必ず、同じことをやっている。今回は証拠が不十分だっただけ。犯行現場に山を選んだということは目的達成の後、殺して埋めるつもりだったのは明白……などの容赦ない推測があたかも既成事実であるかのように連ねられるスレッドを読みながら、私は只《ただ》、混乱し続けていました。

「俺にしてみりゃ、どうでもいい騒ぎなんだけどさ、君って普段着が何時もそういうの――いわゆるロリータ――じゃん。別に誰がどういう私服を着ようと構わない訳だけど、実の兄が小学生に悪戯をするようなガチなロリコンで、その妹がそういう格好をしているというのは、どうなんだろうね？

兄貴がロリコンになったのは妹がロリータだったからと考えてしまう人間もいるだろうし、被害者の家族が君のそんな格好や服装の趣味を知ったら、心情的にかなりキツいだろうね。ネットの住人はそのうちこのことも調べ上げちゃうんじゃないかな？

そしたらこの店の看板であるメロンちゃんにも迷惑が掛かるよね。君等、非常に仲がいいみたいじゃん。大事にならないうちにここを辞めるか、身嗜みを見直すか、少し検討してみた方がいいんじゃない？　基本、俺、普段着にそういう自意識過剰なものを選ぶ女って嫌いなんだよな。否、でもこの忠告は飽くまで主任としてこの店のこれからを想ってのことなんだけど」

「うちの兄のこと、メロンちゃんにも教えましたか？」

何か口にしなければと思いつつ、ようやく出た言葉はそれだけでした。

「まだ誰にもいってない」

尾佐薙さんの返答を聴き、「暫くは伏せておいて貰えると助かります」——私はそういうのが精一杯でした。

マンションに帰り、真っ先に私は、父に電話を掛け、真偽を確認しました。兄がその日、大吉山に行ったことは疑いようもなく、警察に通報され、事情聴取を受けたことは事実だといいます。しかし悪戯目的でその女の子に近付いたのかどうかは判然としない。警察の説明に拠ると兄は、私と同じように子供の頃、父に連れられよく大吉山から朝日山に至るルートをトレイルしていたし、或る程度、山に関する知識は持ち合わせている。丁度、幼い女の子では危険なエリアに入り込もうとしていたので、連れ戻そうとした。それを悪戯目的と誤解されてしまった——ということらしいのですが、家に戻ってから問い質しても何も喋らない。

兄に対し父は何をどうすればいいのか手を拱《こまね》くしかないようでした。

「あいつはお前と違って、人と接するのが苦手で、もう随分と前からいわゆる引き籠もりの状態だっただろ。世の中の全ての引き籠もりの男性が幼女に奇妙な感情を抱いている——と結論付けるのは、無茶苦茶だと私は思っている。しかし自分があいつの親の立場でなければ、私すらもそうに違いないと考えてしまっただろうとも、思うんだよ。

あいつにそういう——幼女に異常な興味を抱く傾向があるのか、調べてみるべきだと母さんはいっている。具体的にはあいつの部屋を捜索して、そういうＤＶＤだったりがあるかないか、明らかにするべきだと母さんは主張しているんだが、私はそれを今は止めている。

仮にあったとして、あいつが実際に幼女に危害を加える恐れのある人間だと判断するのは早計だろう。こういうことに限らない。浮気をした人間と浮気をしたいと思う人間、漠然と浮気に憧れる人間——では貞操の概念がまるで違う。聖書では汝《なんじ》、姦淫《かんいん》するなかれ、心の中で想っただけでもそれは姦淫したと同じと定義がなされているそうだけれども、私はそこまで物事を厳格に捉える必要はないという意見を持っている。

——否、もしかすると私はあいつにそういう欲望があったとして、山で、大吉山で、あいつがそういうことをやることはないと、思いたいだけなのかもしれない。——ネットの件、知らせてくれて有り難う。私達は全く知らなかったよ。あいつは何時も部屋でパソコンを弄《いじ》っているから既に知っているかもしれないがね」

正直、私には何も解らないし、推理もやれません。兄が女の子の身を案じて声を掛けただけなのか、それは全くの詭弁《きべん》であるのか……。ネットの住民達がいうように、女の子を殺して山に埋めるつもりだった、更にいえば発覚してはいないだけで既に兄が何人かの幼女の死体を山に埋めているのかすら……。

でも春野さん、春崎さん――、私、もう次の日から、Melodey BasKet のお洋服は着られなくなりました。兄の事件の真偽がどうであれ、メロンちゃんに迷惑を掛けたくはないし、もう、それを着る気にはなれませんでした。

誕生日の日、フライパンと一緒に貰った cerise のトートバッグは荷物の少ない日、デイリーユースのバッグとして愛用していたのだけれども、それを使うのも止めました。着るものも持つものも一度も買ったことのない UNIQLO で統一することにしました。無地で可能な限りシンプルなものを選ぶようになりました。

私がこうして私服を変えたのを評価したのか、尾佐薙さんは兄の一件を以来、一度も口にすることをしないでいてくれました。

仕事中、特にこれまでと態度を変えることもやりませんでしたし、私はこれで良かったのだと信じました。尾佐薙さんが兄のことをわざわざ伝えたのは、私にダメージ

を与える為ではなく、ロリータ・ファッションが憎い訳でもなく、本当に主任として
メロンちゃんの高級メイド喫茶に悪い噂《うわさ》が立たないよう配慮したからだろうとも、思えるようになりました。

なりました――。

春野さん、春崎さん――これがどうして過去形で語られるのか、解りますか？

嗚呼《ああ》、嗚呼……。源治善悟郎にさえ再会しなければ！

うちの店はオムライスもホットケーキも法外な価格で提供しているから、素材は極力、品質が確かなものを使用するよう心掛けています。

だから卵や砂糖、サラダ油、薄力粉などは浅草橋の鶏卵を扱うことに特化した昭和二年創業の染谷《そめや》商店から仕入れることにしているのです。契約をしているので、なくなれば電話一本でそれらが配達されてくるのですが、偶《たま》に私とメロンちゃんは直接、この染谷商店に足を運びます。メロンちゃんにしろ私にしろ、所詮《しょせん》、料理は素人。だから染谷商店の方にいい卵の見分け方とか、調理する際の配慮とか、何故、薄力粉は日清製粉のバイオレットという銘柄が良いのかなどを直接、聴く機会を持つのはとても勉強になるのです。

春野さんと春崎さんから、ピクニック部存続が難しいという連絡を貰った前日も、私はメロンちゃんとこの染谷商店に出掛けました。そして茨城県のブランド卵ともい

える奥久慈卵《おくくじ》を買いに来た彼と、染谷商店の店内でばったり、出会してしまったのです。メロンちゃんもいるので私は、「ああ、どうも」、素っ気ない挨拶を源治善悟郎にし、源治善悟郎も「お久し振りです」――、他人行儀な挨拶を私に返してきました。が、別れ、JRの浅草橋駅に私がメロンちゃんと共、秋葉原のお店に戻る為に歩き始めると、スマホに連絡が入ってきました。

「話があります。サンマルクカフェの浅草橋東口店で待ってます」――こちらの都合など一切無視する不躾《ぶしつけ》な源治君からのLINE――。私はメロンちゃんに急用が出来たといい、サンマルクカフェに行くしかありませんでした。メロンちゃんは、

「さっき、染谷商店で挨拶した男の人からですか？」

眼をくりくりさせ、口角を上げながら私の顔を好奇心一杯に覗き込みましたが、

「高校時代の後輩よ」

とだけいい、お店に入るのは少し遅れるかもしれないので皆に謝っておいてと、頼んで早足でサンマルクカフェで待機する源治善悟郎の元に急ぎました。アイス宇治抹茶ラテをテーブルの上に置き、右手にチョコクロを持ち少しずつ齧《かじ》りながら待っていた源治善悟郎は、開口一番、

「何で全身、UNIQLOなんですか！」

まるでそれが恐ろしい罪、もしくは過ちであるかのように問い質《ただ》しました。

「そ、そりゃ、実用的だからよ。今日はこれからバイトだし……。従業員用のロッカーは狭くて、嵩張《かさば》ったもの、入れられないし」

私は狼狽《うろた》えつつ、応えます。

「前はバイト先にもMelody BasKetのワンピースにパニエ仕込んで、行ってましたよね。バイト先、変えたんですか？」

「そう、そうなのよ。前の店から異動したの」

源治善悟郎は、怪しい、隠し事をしているが明白という眼付でじっと睨んだまま、次の私の言葉を待ちます。その間の無言に耐え切れず、私は、凡庸《ぼんよう》な言い訳を、継ぎ足すしかありませんでした。

「それに、もう大学三年生よ。就職活動もそろそろ始めないといけないし、ああいう可愛い格好をしてばかりはいられないの。着てみると、日本人の大半が崇拝するのも納得いくわ、UNIQLO――。価格以上の機能性、品揃え、デザイン。あんたUNIQLOに偏見、持ち過ぎよ」

「僕だって時と場合に拠ってはUNIQLO、買いますよ。でも里美先輩のその格好は違うでしょ。解ります、わざわざ無個性なものだけを選んでいる。僕等、短期間とはいえ、付き合ってたんですよ。UNIQLOしか選択肢がない場合でも、里美先輩が何を選ぶかくらい、簡単に推量がやれます」

「何、勝手なこといってるの。一年も逢わなければ女子は別人になるのよ。趣味も嗜好も男性の好みだって……何だって変わるわ」

私は話題の矛先を変えようと、

「でもって、あんたは未だ、SNIDEL とか FURFUR とか着てるのね。成長しないいっていうか何ていうか……。銀座の料理教室はまだ行ってるの？　腕を相当、上げたんでしょうね」

彼の近況を話すよう切り返しを謀りました。

「料理教室は今年一杯で一応、終了予定です。続けて行くかどうかは考え中です。里美先輩と別れてから、僕、よく一人でトレッキングをやるようになりました。最初は一緒に行った高尾山のコースなどで満足してましたが、今年になって北八ヶ岳まで遠征を試みたんです。そこで一寸、世界観が変わりましたね。

僕だって成長してます。里美先輩ならご承知でしょうが、北八ヶ岳は初心者から上級者まであらゆるワンダーフォーゲル、ハイキング、登山に関わる者達が愉しめる山です。ハードな登山を好む人は南八ヶ岳でしょうが、北八ヶ岳の懐の広さが面白いと敢えて北に拘る登山家も多いと聴きます。

僕ね、標高二四〇〇メートル地点にある有名なヒュッテに泊まったんですよ。そこで極上のビーフシチューが味わえるという情報も入手したので。確かに美味しかったです。でもやっぱり、山小屋で可能な料理としての極上なんですよね。無論、山にあるヒュッテでの調理の限界は承知しています。一番の問題は水ですよね。可能な限り節水して調理しなければならない。それでもね、もう少しだけ美味しいものが出せるかもしれないという希望を僕は抱きました。

今の僕の課題は、山でどれだけ美味しいメニューを作れるか――です。大学を出たら北八ヶ岳のヒュッテで働きたいんです。そして行く行くは、自分のヒュッテを持ちたいんです。山小屋だけど外観も内装も可愛くて、美味しい料理が堪能出来るヒュッテ――。そこに泊まるのが目標でワンゲルを始めてしまうくらいに可愛いヒュッテと食事。無謀かもしれないですが、挑戦する価値はあると思うんです。その為にかつてなくトレイルのスキルも上げようと努力を重ねています。

今日もこの浅草橋まで代々木のマンションから歩いてきました。そしてさっき買った奥久慈卵のパックを抱え、歩いて帰ります」

「何時間、掛かるのよ⁉」

「大したことないです。来る時は二時間くらいでした。帰りは卵のパックを抱えながらだし、もう少しゆっくり歩かないとでしょうがね。これもトレッキングのスキル強化の一環ですよ」

何でここまでブレないのだろう……。このシスターボーイは……。私は約一年振りくらいに再会する眼の前の源治善悟郎の話を聴きつつ、彼に腹立たしさすら憶えました。サンマルクカフェのチョコクロを、まるで原宿でクレープかのような仕草で食べ続けているし……。

嗚呼、あんたは今もって、可愛いですよ！　可愛いの国の永住者でしょうよ！　私とは異なって……。

「泣いてるんですか？」

「泣いてない！」

嘘でした。私は涙を堪えることが敵わなかった。

源治君は眩《まぶ》しい。可愛いことに、男子ながら一直線でいられる源治君は、結局、男子であり、ホモセクシャルでもないのですから、その道を真《ま》っ直《す》ぐに突き進んでいるように観えても、いろんな障害を乗り越える必要を常に抱えているでしょう。自分はシスターボーイなんです、説明しようが誰もその性質を正確に捉えてはくれない。それなのに、植物が太陽を目指し、その茎や枝葉の形をグロテスクに変形させようとも気に留めず、ひたすら光に向かうように、この人は可愛いに向かい、可愛いを、求め続けるのです。その姿が私を涙脆《もろ》くさせてしまう。泣いてしまっても仕方ないと思わせてくれる。

この涙は惨めさから来るものじゃない。多分、私は嬉しいのだ。源治君がずっとそのまま伸び続けていることが……。成長してはいるけど、成長していないことが。源治善悟郎は源治善悟郎でしかなく、この先も源治善悟郎であり続けるしかないであろうことが……。

好きという気持ちを偽ろうとせず、取り繕おうとせず、それに真っ直ぐに礼を尽くす源治君の強さ、真摯《しんし》さ、愛することへの率直さが……。

「何があったんです？」

もう隠してはおけないと思いました。教えても仕方ないけれども、聴いて貰いたいと、思った。私が全身、UNIQLOになってしまった理由。私は、「少し込み入った話になるかもだから、新しくお茶、奢るよ」といい、源治君が練乳いちごバナナスムージーというので、自分もそれを選び、Mサイズをトレイに乗せ、テーブルの上を一新し、今の店に異動した経緯と主任の尾佐薙さんから兄の事件を教えられるまでのことを、簡潔に語りました。

しばし、源治善悟郎は考え込みました。

しかしそれは、大して長い時間ではありませんでした。源治善悟郎は訊ねます。

「もし、その尾佐薙さんという人から、聴かされなければ、里美先輩は今日も、Melody BasKetやEmily Temple cuteの可愛いお洋服を着て、僕の前にいたんですよね。否、もう就職活動などの諸事情があるからそれらを着るのは難しくなったと感じたとして、全身UNIQLOにして可能な限り凡庸であろうとはしなかったですよね。妥協するとしても、僕のようにSNIDELなんかを候補として立てましたよね？」

私は首を縦に振ることも横に振ることも出来ないまま、呟《つぶや》くようにいいました。

「そうかもしれないし、そうではないかもしれない」

「里美先輩は、事件のことが知れたら仲良くしているメロンちゃんに迷惑が掛かるといいました。そうですね、そうかもしれないです。でも、僕の眼には今の先輩は、自分に罰を与えているように映るんです。先輩のお兄さんが冤罪《えんざい》なのか否か、僕にもさっぱり解らないです。

だけどそれは、どちらでもいいことです。

事実を抽出するならば、大吉山で女の子に悪戯を働いたと嫌疑を掛けられ警察に連れて行かれた引き籠もりがちの男性がいる――今回は未遂だったがそいつは過去に遡り調べれば絶対に幼女への悪戯をやっているに違いない――と証拠もなしにネットに書き込んでいる人達がいる――ということだけですよね。そしてその標的にされている男性は里美先輩のお兄さんである」

今度は頷くしかありませんでした。

「里美先輩――。僕は今から非常にデリカシーのない、失礼なことをいわせて頂きます。

里美先輩は単に世間体を気にしているだけです。メロンちゃんの為でもなく、自分の兄を信じ切れない己を恥じているのでもなく、ネットの噂なんて陳腐なものに怯《おび》え、波風が立たぬようひたすら、身を潜め、世間から見付からぬよう縮こまっているだけです。

もし、本当に里美先輩のお兄さんがロリコンだったとして、実際に幼女を誘拐したりする人だったとして、悪戯をした後、山に死体を埋め続ける鬼畜だとして、何故、それが実の妹である里美先輩にロリータなお洋服を着させてはならない理由になるんですか？　身内に犯罪者がいたなら、自分の好きなお洋服を着てはならないんですか？　そんなの、民法にも商法にも刑事訴訟法にも抵触しません。里美先輩が可愛いを諦める理由になんてならない」

「源治君のいうことが正論なのは解ってる。でも女子空手サークルの時のように、今回は弁護士さんにどうにかして貰えることじゃないじゃない……」

「その通りです。ですから、僕が何とかします」

源治善悟郎は立ち上がり、私の手を強引に摑みサンマルクカフェの外に連れ出しました。

「今から里美先輩のバイト先に行きます。僕がその尾佐薙さんと話をつけます」

時間が掛かるのがもどかしいのか、源治君は駅前でタクシーを拾い、私を先に乗せ、

「秋葉原まで」というと、詳しい住所を私から運転手さんに告げるよう促しました。

タクシーに乗っている間、私と源治君は無言でした。源治君の腕が、怒りのようなものでずっとわなわな、震えているのが解りました。しかしそうしながらも、両手で抱えた卵のパックの中身に傷が付かないよう気を付けても、いました。

道は案外と空《す》いていたので私のバイト先の高級メイド喫茶には、開店の少し前に到着しました。

雑居ビルの階段を上り、私と源治君が店の中に入ると、キッチンスタッフは厨房の準備を整え終え、ホール係のメイドちゃん達はお客様を出迎える為の最後の店内チェックをしています。パソコンからプリントアウトされた今日の予約客の名前と時間などが記された表を眺めていたメロンちゃんが、私と源治君の姿を認めると、気まずそうに頭を下げます。

「すみません、ポポニャン。今日は開店から全席、予約のお客さんが入っていて、そのお友達——後輩の方でしたっけ？　をお入れする席がすぐには用意出来ないんですよ。ええと、一時間後でしたら、私の裁量で席を一人分、作れると思うので、何処かで待って頂いてもいいでしょうか」

「否、僕は主任の尾佐薙さんという人と、少しだけ話がしたいだけなので。厨房って、どっちですか？」

メロンちゃんは源治善悟郎の妙な迫力に気押されたのか、あたふたとしながら彼をキッチンルームへと案内してしまいます。私は何が起こるのか想像がやれず、数分、その場に固まってしまったので、すぐに続くが出来ませんでした。

ようやく私がキッチンルームに至ると、既に源治善悟郎は、尾佐薙さんを壁際に追い込んでいました。他のスタッフがいるにも拘らず、今にも殴り掛からんばかりの挙動。でも手に卵のパックがあるので、源治善悟郎は一旦、それをキッチンカウンターの上に安置しました。

「貴方が主任の尾佐薙さんですよね」

「そ、そうだが君は……」

「僕は里美先輩――ええと、ここではポポニャンという名前でオムライスを担当している人の高校時代の後輩です」

「その後輩が、俺に何の用なんだよ」

「少し前に、貴方、里美先輩に或る忠告をしましたよね。里美先輩は貴方の忠告に対し、暫くこのことは、伏せておいて貰えると助かりますといった」

「だから、いってないよ俺は……。俺が洩らしたとでも……。その件で乗り込んで来たならとんだ言い掛かりだぞ」

口調は強気ながらも明らかに気色を失っていた尾佐薙さんでしたが、徐々に言葉に態度が伴っていきます。怒鳴り込んできたとはいえ、相手は、男子にしてはやけにか細くナヨナヨとした相手――。それにバットや木刀を持っている訳ではない。抱えているのは卵のパック……。尾佐薙さんとて一般的な男性からすれば背も高くはなく脆《ぜい》弱《じゃく》なイメージですが、仮に腕力に訴えてられたとして負ける見込みはないと判断したのでしょう、

「警察呼ぶぞ、警察！」

逆に高圧的に、源治善悟郎を迎え撃つ姿勢に転じ返しました。

「本当に誰にも話していないんですね？」

「話してねーよ」

「じゃ、今後もそのまま一切、それに関しては口を噤《つぐ》んでおいて下さい」

源治善悟郎はいうと、尾佐薙さんに頭を下げ、キッチンカウンターに置いた卵のパックを両手で持ち上げました。そうして、踵《きびす》を返し、厨房を後にしようとしました。

その背中に、尾佐薙さんの声が飛びます。

「何なんだよ、お前！　高校時代の後輩とかいってたけど、ポポニャンの彼氏かよ！」

源治善悟郎は、顔だけを尾佐薙さんの方向に向けて、応えました。

「昔、少しだけ付き合っていたことはあります。けど、今はそうじゃないです」

それを聴くと、尾佐薙さんは口調を粘着質にして、更に言葉を続けました。

「俺が話さなくたってよ、ああいうものは何《いず》れ誰かの眼や耳に入るんだよ。俺は単に親切心から世間の常識を彼女に教えただけだよ」

するとと源治善悟郎は足を止め、身体毎《ごと》、また尾佐薙さんを向き直りました。表情は冷静でしたが、さっき以上に、源治善悟郎は怒っていました。

否、ブチ切れていました。

「世間の常識——？　何ですかそれ？　社会通念っていうやつですか？　もしそうなら、民事でも刑事でも、それって、実に曖昧なんですよね。裁判官が判決の時、苦し紛れに使用することはよくあるそうですけどね」

源治君は、尾佐薙さんに詰め寄っていきます。

「尾佐薙さん、僕は貴方に皆が納得する社会通念上の判決を期待している訳じゃないんです。貴方という個人に、お願いをしにきただけなんですよ。貴方が世間の一員であるかどうか、僕は知らない。でも貴方はこの店を任された主任ですよね。だったらオムライス作りに特化した部下や、ホットケーキを焼いてこの店の売り上げを順調に上げるホール係の女のコや、その他のスタッフを援護することこそが、貴方が第一に尽くさねばならぬ礼節ではないのでしょうか。

もしそれが世間の常識というものと齟齬《そご》を生じさせる場合があったとて、先ず、優先しなければならないのは社会通念ではなく、礼だと僕は思います。

尾佐薙さん――、男子たるもの、女のコは守ってあげなきゃ。手間を惜しんじゃいけません。

貴方、料理の腕前はいいって話じゃないですか。僕も料理人を目指しているんですよ。僕の好きな言葉に――家庭料理は手間やお金を掛けて装飾過多にするべきではない。だけど、省いてはいけない手間はある――というのが、あります。この惜しんじゃいけない手間って、食材や食べてくれる相手に対する礼節のことですよね。違いますか？」

「一端《いっぱし》に料理の能書き垂れてるんじゃねーよ。どうせ肉じゃがくらいしか作れねーんだろ」

「ポポニャンにオムレツの焼き方を、教えたのはこの僕です！」

源治善悟郎は大声を上げると、卵のパックを横にして持ち替え、右腕の脇《わき》に挟みました。

そうしてアップルパイを作る材料としてカウンターの上に幾つか並べられていた林《りん》檎《ご》の一つを、左の手で摑み、

「ジョナゴールドですか。なるほど、アップルパイは貴方が担当していると聴きました。アップルパイには煮崩れしない固めの林檎、そして甘いより酸味の強いものが適しているといわれます。その腕、確かなもののようですね。でも腕そのものが使えな

くなったなら……」

そのジョナゴールドを眺めました。そうして、野球選手が投げるボールに変化を与える時にするよう、ジョナゴールドの握り方を変えると、

「料理人にとって大事なのは、世間体や常識ではなく、思い通りに動く両腕だとは思いませんか？」

スゴみ、指の力だけで、一瞬で粉々にしてしまいました。

勢いよく握り潰したからなのか、砕けた林檎の破片が、キッチンルームのあらゆる場所に飛び散ります。一番、遠くにいた私の前にすら、断片は飛んできました。

林檎を握り潰した音なぞ些細なものでしたが、キッチンルームは時間が停止したようになりました。声すら上がらない緊迫の空気に、そこに居た全員が凍り付く——。

しかし、ホール係である一人のメイドちゃんが、

「今から営業開始しまーす。今日も元気に萌え萌えパワー、キッチンスタッフさんもファイティーンでお願いしまーす」

と入って来て、停止した時間は、動き始めます。

刹那《せつな》、卵のパックを両の手で包むように持ち直し、源治善悟郎は、大股で、店を出て行ってしまいました。

尾佐薙さんは、最も近距離で林檎を左手のみで粉砕のパフォーマンスを観せられ、

顔と身体を、砕けた果肉と林檎の汁まみれにされてしまったまま、床にへたり込んでいる。

「主任、すみません。きつく叱っておきます」

私は叫んで、源治善悟郎の後を追いました。

お店に入る為に並んでいたお客さん達と逆行するよう、ゆっくりと階段を下りて行こうとする源治善悟郎の前に走り出て、私は彼に怒鳴りました。

「何てことしてくれたのよ！」

「駄目、でしたかね？」

「僕が何とかします――っていっといて、ことを荒立てただけじゃない！　最終的には暴力と威迫」

「危害は加えてはいませんよ」

「林檎、握り潰したじゃない」

「僕、トレイルだけじゃなく、クライミング――岩場、特にフェースに興味あるんです。そのスキルも或る程度ないと、ヒュッテのオーナーなんて務まらないじゃないですか。だからボルダリングの講習も受け始めていて。ようやく握力、百を超えましたよ。柔軟さも大事ですが、フェースはやっぱ、ピンチにしろホールドにしろ、握力があるに越したことないですし」

「何故、林檎を握り潰せたかを、訊いているんじゃないの！」

「そうでしたね。でもあの人に釘《くぎ》を刺すという意味では、そこそこに有効な手段だったと思っています。確かにあの尾佐薙さんという人がいうように、里美先輩のお兄さんの件はあの人が喋らなくても違う処から洩れる可能性がある。だからもしそうなって、里美先輩まで攻撃されるような事態になったなら、あの人に守って欲しいなと――。

里美先輩の彼氏であろうがなかろうが、メイド喫茶でのゴタゴタに、僕は首を突っ込めない。

だから、釘を刺したんですよ。あの人を威迫しただなんて、それは里美先輩の偏見です。力に訴えるなら僕、あの人の腕くらい簡単に折れますし、威迫するなら、弁護士の両親を持つ僕です、幾らでも強請《ゆす》る材料を探し出せます。過去、メイドさんにセクハラもしていたんでしょ？　あの店で主任を任されてるってことは、軽く帳簿を誤魔化したりもしてますよ。埃《ほこり》を叩けば、社会的に抹殺するくらい簡単です。そっちに切り替えましょうか？」

「そういうことをいってるんじゃない……。そういうことに怒っているんじゃない」

「じゃ、何を？」

「あんたのやったことは最低よ！　もう二度と顔を観たくない。連絡とかもしてこないで！」

「解りました……。連絡はしませんし、何処かでばったり逢っても、無視します」

「あんたなんて、あんたなんてね……。元カレでも、後輩でもないわ！」

そういうと、源治君は、

「元カレ……その過去を取り消せというなら、僕と先輩が口裏さえ合わせれば、そうやれます。誰にもバラしてはいませんしね」

語気を弱め、俯いて地面を観ました。そして、やがて顔を上げると、

「でも……。だけど……」

私を見詰めながら、縋《すが》るようにいうのでした。

「だけど、僕が里美先輩の後輩であることは取り消せないです……。そりゃ、もうピクニック部に在籍してはいません。ピクニック部というもの自体、僕の代には同好会になってしまいました。それでも……。それでも、やっぱり、里美先輩は僕の先輩じゃないですか！　どう取り消すんですか！　何を、どう消し去るっていうんですか！　嫌です。それだけは絶対に嫌です」

源治君は泣いていました。

通り過ぎる人達が不審な顔をして立ち止まり、ジロジロ観てくるのもお構いなし、鼻水を垂らしながら、まるで苛められっ子みたく、しかしその無様な姿なぞお構いな

し、源治君は訴え続けます。

「僕はピクニック部で貴方の後輩でした。ワンダーフォーゲルになんて関心がないのに、一年の時、乃梨子先輩目当てでワンダーフォーゲル部に入り、義足になった乃梨子先輩とワンゲルが出来るようにしようと、貴方に持ち掛けられ、二人で乃梨子先輩を贔屓する乃梨子同盟を組んで、副部長権限で貴方がピクニック部を作る動議を提案した時、真っ先に賛同の手を挙げ……。

ずっと先輩です。里美先輩はずっと僕の先輩なんです。恋愛感情とか友情とかそんなものがなくたって、貴方はずっと、僕の先輩なんです。それだけは譲れないです。もし生まれ変わって、その世界に山なんてものはなく、だからワンダーフォーゲルの概念もピクニックの概念もなかったとしたって、里美先輩は未来永劫、僕の先輩で、僕は里美先輩の後輩なんです！　ピクニック部の、里美先輩は僕の先輩。それだけは取り消せないんです！　人に漏らすなというならピクニック部の存在自体を隠し続けます。でも、僕は貴方の後輩で貴方は僕の先輩なんだ。それすら駄目だというんですか？　認めません。そんなの絶対に認められません！」

源治善悟郎は、そういうと、抱えていた茨城県産の奥久慈卵のパックを私に渡し、泣きじゃくったまま、街の雑踏の中に、猛ダッシュで走り去って行きました。

以来、当然、彼に逢ってはいません。

春野さん、春崎さん――。私が二度と顔を観たくない――怒鳴ってしまったのは、最低な話だけど、キッチンルームに乗り込んで源治君が尾佐薙さんに脅迫紛いの言動をとったことに対してではなくて、尾佐薙さんにお前は彼氏なのか？　問われた時、源治君が「昔、少しだけ付き合っていたことはあります。けど、今はそうじゃないです」――といったことに原因があるのです。

ああいう場合は、もう付き合ってなくても、彼氏ですっていうものじゃん。何が、男子たるもの、女のコは守ってあげなきゃ――よ。守って、くれてないじゃない……。

嘘でも彼氏です。だから僕の女に非道《ひど》いことをするなといって、林檎を指で握り潰すのが、社会通念上、正しい啖呵《たんか》の切り方じゃない……。何の為の握力披露よ……。そうでなきゃ、単に握力がスゴいことを見せ付けてるだけじゃん。そういう処に気が回らないというか、その手間の掛け方に気付かないから、あんたは結局、シスターボーイなのよ――。本当はいいたくて、でもそんなことをいうのは筋違いだって弁《わきま》えていたから、私は難癖を付けるようなことしか、源治君にいえやしなかった。

面倒臭いよね、春野さん、春崎さん――私って。

やっぱり爽やかさの欠片《かけら》すらない……。

ねぇ、春野さん、春崎さん――。貴方達が卒業する前に、一度、私、宇治の実家に帰ります。

ピクニック部として大吉山にのぼり、ピクニック部として最後のトレイルをしましょうよ。乃梨子はもう義足とは解らないくらいに歩いたり出来るのでしょ？　だったら大吉山も朝日山も平気よ。高木さんも誘います。源治善悟郎のみ、除《の》け者、知らせないの。貴方達が卒業する前に、女子だけで大吉山でピクニック部をするのよ。

頂上で食べるランチはどうするのですか？　源治先輩がいないと話になりませんと、春野さん、春崎さん――、意地穢《きたな》い貴方達は文句をいうかもしれませんが、そんなもの、どうにでもなります。

貴方達に、食べログで、もうメイドさんのケチャップなどいらないとまで評判を取った私のオムライスを食べさせたいのは山々なのですが、大吉山にそれを持って行くのは難しいから、断念せざるを得ません。私はピクニック部で現役だった時と同じく、赤いギンガムチェックのマットを持って行くわ。籐のバスケットも、持って行く。

ギンガムチェックのマットと籐のバスケットが揃っても、中身がコンビニのお菓子では悲しいです――とか口答えしないの！　だったら、Uber Eatsを頼めばいいじゃん。

山頂まで持って来てくれるかどうかは不明だけど、ハイキングコースが始まる宇治上神社の傍の道までは平地なんだし、運んでくるわよ。それをバスケットに詰め替えればいいだけよ。ピザでもワッフルでもマサラバーガーでも何でも頼めばいいのよ。乃梨子の家はお金持ちだし、予算なんて気にする必要はないわ。貴方達にとって乃梨子は先輩なのだし、全額、乃梨子が出すのは当然よ。

靴は mont-bell を履くけど、私、パニエをどっさり仕込んだ Melody BasKet の新作――貴方達がドン引きするくらいに可愛い『不思議の国のアリス』さながらのアリスエプロン長袖膝丈ワンピースで大吉山にのぼります。山登りに適したドレスじゃないのは承知していますが、これ、買ったもののまだ何処にも着て行ってないので、ピクニック部で初披露させて貰います。

兄の件はもう気にしていない。実家に先日、警察に通報した女の子のご両親が、菓子折りを持って謝りに来たと知りました。子供の話を詳しく聴くと、どうやら本当にハイキングコースを外れた雨で地盤が緩くなっている森林地帯に入ろうとしていたらしく、そっちは危ないから戻って来なさいと声を掛けられたけど更に奥に進もうとしたので強引に連れ戻されたことが解った、誤解して誠に申し訳ありません、命の恩人ともいえる方に何と失礼な――先方のご両親に頭を下げ続けられた――と父から教えられました。父は「まぁ、うちの息子は見た目、気持ち悪いですし、仕方ないですよ」と豪快に爽やかに笑い、ワンダーフォーゲルの達人振りを発揮したそうです。

が、まぁ、それでネットの掲示板から兄の噂が削除される筈もなし、誤解は今も継続したままでしょう。

でも、悔しい哉《かな》、源治善悟郎のいう通り、兄がどんな鬼畜な性質と行状を併せ持つ人であったとて、私が好きなお洋服を着るのを自制する必要なぞ全くないのです。

私、知ってるのよ、兄がロリコンである事実――。

自分が小学生の頃、既に兄の部屋の押し入れの奥にしこたま、ロリコン用のエグいエロゲーがあるの、見付けちゃっていますもの。誰にもバレていないだけで、兄は大吉山の何処かに幼女の死体を埋めて隠しているかもしれません。

源治善悟郎がキッチンルームに乗り込んだ次の日から、私は堂々と、以前のロリータ・ファッションでバイトに出ました。尾佐薙さんの神経を逆撫でする行為だとは解っていましたが、それが泣いて雑踏の彼方《かなた》に去って行った可愛い後輩――源治善悟郎への礼節だと思いましたので。

多分、私と源治君が互いを想い合いつつも恋人としての関係を、半年なんて短期間、必要以上、早期に解消しなくてはならなかった理由は、源治君が私に対して決して崩すことのない、律儀な礼節の為だったのでしょうね。

彼にとっては恋人としての私、女子としての私より、ピクニック部の先輩としての里美先輩が大事だった。

そう、彼は付き合ってる間、ずっと私のことを里美先輩――と呼び続けていたのよ。

どう思う、春野さん、春崎さん？　そんな男子、嫌でしょ。シスターボーイであるか否かを別にしても、あり得ないでしょ。そりゃ年上で先輩には違いないのだけれど、オムレツに関しては彼の方が私の先生だった訳だし、そもそも、たかが、ピクニック部じゃん。何に対して、礼を尽くし続けていやがるって感じよ。

とはいえ、それが源治善悟郎なのよね。彼はきっと何時まで経っても自分の残酷さに気付かない。可愛いを貫いていく。ボルダリングでまだまだ握力を増し、料理の腕を三ツ星シェフ並みに上げ、でも北八ヶ岳のヒュッテで働くことにし、そのうち自分のヒュッテを持つに至るでしょう。ヤバいくらいに可愛い、御伽《おとぎ》の国のお菓子の家みたいな外観のヒュッテを北八ヶ岳に建ててしまうのです。

嗚呼、そうよ、源治善悟郎なんて、メロンちゃんと付き合って、結婚してしまえばいいのよ。

あの日以来、メロンちゃんはことある毎、私に源治善悟郎のことを訊ねてくる。あのイケメンな後輩さん、もう来ないんですか？　と瞳をキラキラさせながら探りを入れてきます。イケメン？　あれってシスターボーイよ――と返しても、林檎を指で握り潰せるシスターボーイなら問題ないですよ――と、恋する乙女特有の熱烈さで返してきます。

ええ、間違いない。源治善悟郎は、メロンちゃんとお似合いよ。

銀座のWESTが好きだという話でも盛り上がるでしょうし、源治善悟郎ならメロンちゃんのホットケーキの腕前を更に研磨するが易《やす》いでしょうよ。二人で北八ヶ岳にメルヘン全開のヒュッテを建て、爽やかに微笑みながら、山ガール達に、名物のホットケーキを提供しやがれ！

私、ピクニック部のラストトレイルの時、乃梨子や高木さん、春野さん、春崎さんに、一杯一杯、源治君の悪口をいうわ。乃梨子や高木さんが源治君を気の毒に思うくらい、過去最大級、目付きを悪くし、Uber Eatsで誂《あつら》えた籐のバスケットの中のランチを食べ散らかしながら、大吉山の頂上で罵り続けてやるわ。

宇治にいるままの乃梨子達が与《あずか》り知らぬをいいことに、源治善悟郎という奴は、私の勤めるメイド喫茶の一番人気のメイクが上手いだけのブスなメイドに入れ上げて、そのコが厨房スタッフの主任と恋仲だと私に聴かされ激昂《げっこう》、キッチンに乱入し、お前がアップルパイを作れないようにしてやるぞといい、キッチンにあった材料の林檎を全部、踏み付けて台無しにして帰って行った――だからもう、私は彼とは絶交したのよ、貴方達も関わらない方がいいわと、大嘘すら吐くわ。

春野さん、春崎さん――、だから貴方達も非道いですね、源治先輩がそんな人だったなんて……、私に同調して源治善悟郎を貶《おとし》めることに加担しなさい。

だって、女子なんですもの。先輩や後輩、親友であることよか前に、私達は女子なのですもの……。女子の結束は、知り合いの男子の悪口をいう時、最も純化すると昔から決まっていいます。ありったけ源治君の悪口をいい終え、私はワンダーフォーゲル部の元副部長、ピクニック部の部長、里美先輩に戻ります。もう一生、逢うことのない、仮令、逢うことがあっても顔を背けるしかない、彼に対してのそれが、ささやかな礼節でしょうから……。

さようなら、シスターボーイの恋人。

有り難う、また、可愛いお洋服を着ていいといってくれた人。

ピクニック部の後輩で、乃梨子同盟のメンバー。

大好きな人。私に、大好きを教えてくれた人。

頑張れ――源治善悟郎！　負けるな、源治善悟郎！　何があっても負けるな！　あんたの敗北は、ピクニック部の敗北になるんだからね。勝ち進め！　あんたのブレのなさは、これから先、きっと色んな人を傷付ける、迷惑を掛ける。それでもあんたは突き進む。礼を重んじ続ける。好きに対して正面から強行突破していくんだ。それでいいんだ、源治善悟郎――。

あんたはブレない。手放さない。何処までも追求していく。抉《こ》じ開けていく。その遣り方を粗暴と罵る者がいようとも、私が赦します。後始末はやるし、責任もとってあげるさ、私はピクニック部の部長なのだから。

あんたは源治善悟郎でいい。源治善悟郎なんだから源治善悟郎でいい。自分らしく――なんて、微塵《みじん》も考えなくていい。あんたはあんたでしかないのだから。らしさも、らしくなさも含め、源治善悟郎は百パーセント、源治善悟郎だ。そこには何も混ざらない。

世の中は広いし、あんたよりもっと手強《てごわ》いシスターボーイは存在するかもしれません。可愛いものを好きな男子もいるかもしれない。でも源治善悟郎はあんたしかいない。ピクニック部に所属し、私や乃梨子や、高木さんや、食い意地の張った見分けのつかない二人の後輩が誇る、ピクニック部の専属料理番は、あんたしかいない――。

礼を貫け、源治善悟郎！　手間を惜しまず掛け続けろ、源治善悟郎！

あんたが尽くす礼や手間の掛け方が、正しいか間違っているかなんては、どうだっていい。意見、常識、作法や遣り方なんて、どうだっていい。あんたはあんたの礼を尽くせ！　怠《おこた》れぬ手間を尊べ！

押し通せ。あんた自身を――。この爽やかさが微塵もない世界の中で！

応援はしません。だってもう関わりのない人だもの。

だけど源治善悟郎、あんたはきっと握り潰してしまうんだ。この可愛くない世界そのものを――。林檎よりも強固な社会通念や、私達が抱える醜悪そのものを。その握力で……。

更に鍛える指の力で……。粉々に砕いてしまう。

通念も常識も何もかも木っ端微塵にし、あんたが可愛い欲の化身として破壊の怪物に成り果てたとしても、あんたが己をピクニック部だと言い張る限り、私はあんたの先輩であり続けられるのだよね。だから何時でも呼んでいいよ、私のことを、里美先輩って――。あんたがいったんだよ、取り消せないって。ずっと先輩です。里美先輩は未来永劫、僕の先輩で、僕は里美先輩の後輩なんです――って。それなら、私に礼を尽くし続けるのが筋ってものでしょう。

私も取り消さない――。

あんたがピクニック部の後輩だったことも、二人で乃梨子同盟を組んでいたことも……。そして一時とはいえ、恋人同士であったことも……。

ねえ、源治善悟郎――。

この礼節なき世界の中で、私も何時か、それを尊ぶことを疎《おろそ》かにしてしまうようになるのかもしれませんね。だけれども、あんたという後輩がいて、あんたがそれを拠《よ》り所《どころ》にしてずっと戦い続けていることだけは、どんな時も決して忘れません。

私、あんたが私に欲情してくれたことを、とても感謝しています。バレンタインデイのチョコを二年連続で渡した乃梨子ではなく、私の恋人になってくれたことは自慢だよ。あんたが女子に欲情しないのなら、どう頑張ったって、私達はキス以上のことがやれなかった。あんたが同性ならば、私達は歳をとるまで付かず離れず、一緒にいられたのかもしれない。けれども、いい意味でも悪い意味でも、私は女子で、あんたは男子でした。だからこそ、お互いの心と身体を求め合うことが可能だったのですよね。そのことを私は感謝しています。

この世界は、可愛いものが大好きな源治善悟郎というイレギュラーを、存在させてしまった。

それはミスだったのかもしれないけれど、私にとっては有り難い配慮となった。

だから私はこのミスの多い世界そのものを肯定し、感謝します。

この世界には源治善悟郎がいる。世界はエラーであると解っていたとて、源治善悟郎を消去しない。ならば、私はこの世界を愛しく感じることが出来る。

源治善悟郎――、短い間だったけれど、私達は恋人同士として、滅茶苦茶、セックスをしたよね。あんたが絶倫だから、回数的にいえば百年分くらいは絶対に、してあるよね？

あんただけだよ、私のキャンプファイヤーは……。

あんたが単にピクニック部の後輩のままだったなら、キャンプファイヤーにはならなかった。恋人同士になったからこそ、私達は特別な手の絡ぎ方を知ったんだ。全てのキャンプファイヤーが眠気を催すものではないでしょう。薪をかかせる眠りを与えやしないでしょう。幾《いく》ら心地よいとて、薪の中に身を投じれば焼け死んでしまうと同じで、二人が混ざり合って一人になることは出来やしないし、してはならない。だけど、二人の間に、最小の素粒子すら介在する隙を与えなくすることはやれていたよね。

あの瞬間、私達は世界に二人きりだった。

神様すらも、そこには入り込んではいなかった。

もし源治君、あんたが私に抱いた気持ちが友情の延長でしかなかったのだとしても、構わない。友情でセックスをして何が悪い？　友情と恋愛が両立するといったのは、あんただよ。少なくとも源治君と私の間でそれは両立していた。どっちが欠けても、私達は恋人として成り立たなかったでしょう。私はそのお好み焼きをおかずに、ご飯を食べるような恋をしたことに、一欠片の後悔もありません。

だから敢えて、いいます。源治善悟郎――。

源治君は、ピクニック部の後輩であり乃梨子同盟のメンバーだけれども、私の恋人でした。

いってやる、あんたに興味津々のメロンちゃんにも、その事実――。

もう別れたけど、ああみえて、あっちの方はすこぶるスゴいのよと、さり気なく、どれだけあんたが私を好きだったか、教えてやる。

そういうこと、男子はやっちゃいけないけど、女子はいいの。

狡さの塊こそが、女子なのだから……。

メロンちゃんに、あんたの住所とスマホの番号、勝手に伝えておきますね。メロンちゃんと付き合って、料理教えて、そういう関係になり、私との過去を根掘り葉掘り訊かれ、今でも連絡してるでしょと、無意味に勘繰られ、それでもゴールインして、メロンちゃんとの間に、子供を百人くらい、作ってしまえ——。安心しなさい。メロンちゃんは、仮令、結婚して子供を沢山拵えて、オバサンになったとて、男子と同衾《どうきん》している時に、派手な鼾なんてかく女のコじゃないから。

あんたを、キャンプファイヤーだなんて、いい出さないから……。

どうせ、結婚式には特大のとんでもないウェディングケーキ、自分で拵えてしまうのでしょう。思い遣られるわ……。披露宴の料理も自分で腕を振るってしまうわね。

春野さん、春崎さん——。ピクニック部の初代部長として最後の伝令です。

だから貴方達は、源治善悟郎が結婚するという情報は必ずや嗅ぎ付け、どんな手段を使っても招待して貰いなさい。ピクニック部最後の活動では逃してしまった最上のフルコースを、その食い意地で堪能し尽くしてきなさい。招待されなくとも、元ピクニック部の後輩ですといって乗り込めば、どうにかして二人の席を確保してくれるに違いない。

そういう奴です、源治善悟郎は——。私は彼の恋人だったから、知っているのです。

貴方達は、またぞろお揃いのドレスと髪型で急拵えの席に着き、あの新婦さん、可愛く観えるけどメイクのおかげね、スッピンはブスよ、涙袋描き過ぎ、基本的に品がないわ……などとお喋りをしながら、お腹を満たせば良い。
ピクニック部の活動はそれで、全て終了です。

あとがき

新刊の小説を出すのは『純潔』——以来、約五年振りとなります。その『純潔』にしろ、初出は二〇一五年の雑誌『新潮』ですし、今回、書き下ろしの表題作『ピクニック部』から遡《さかのぼ》れば大凡《おおよそ》、十年振りの小説の発表になります。

気が付くと、齢《よわい》、五〇を超えていました。どうせ早世だろうと思っていましたので自分が四〇歳を迎えた時は唖然《あぜん》としました。プランがない……。小説が書けなくなることはありませんでしたが、かつて『ミシン』や『エミリー』を書いた時のよう、十代の読者とシンクロして物語を紡ぐのが困難になっていました。

小説は若い人達の為《ため》にあるのだと思います。中高年が読んでもいい訳ですが、それは老人だってパンクロックを聴いていい——と同じこと。自分自身が思春期、沢山の文学（或《ある》いはパンクロック）に接し、拠《よ》り所《どころ》にし、ようやく生きる術《すべ》を得られた体験がこんな信条を導いた。しかし五〇歳を迎えた時、おや、初老じゃん、初老でパンクも面白い……と、身の処し方に活路を見出《みいだ》すことがやれそうな気がしました。

　そして執筆したのが『ブサとジェジェ』です。『三田文學』に発表し、日本文藝家協会の『文学２０２４』に再録の主人公は、Jane Marple の4.5階時代を知っていますから僕と同世代です。僕は太宰治のよう、潜在的二人称を多用します。それが故、自分と作中の人物との間の、世代も含めた環境のあからさまな差異を厭《いと》います。

『ブサとジェジェ』は五〇代の作家にしか書けない作品です（だってOLIVE des OLIVEが明治通りにあっただなんてオメーら知らねーだろ）。これを脱稿した時、作家としてリスタート出来た手応えを感じました。そして、五〇代ならば最早《もはや》、六〇歳――還暦と逆サバを読んで書くことも可能と妙案を思い付き、執筆したのが『こんにちはアルルカン』です。

　表題作の『ピクニック部』の登場人物達は高校生、大学生ですが、健康の為、実際、大吉山《だいきちやま》のトレッキングに励み始めたのをきっかけに執筆したものなので、この二篇《へん》の延長線上にあります。最初は第一部の「ワンダーフォーゲル」のみで完結の掌編でしたが、補稿として「乃梨子先輩からの手紙」が書きたくなり、最終的には「ラストトレイル」を含む長編になってしまいました。

『ブサとジェジェ』と『こんにちはアルルカン』は掲載時のものに殆《ほとん》ど手を入れていませんが、『ピクニック部』は既に書き終えていたものを編集者に渡す前、大幅に書き直しました。今年上半期、『ロリータ・ファッション』上梓《じょうし》、映画『ハピネス』公開、『下妻物語』リマスター上映などがあり、久々に読者の方と直接、対面する機会を多く貰《もら》いました。そんな中、読み返すと、独りよがりな部分が多々、目に付いてしまったので句読点など細かな部分も含め、慎重且《か》つ大胆に改稿しました。

普段から僕は、小説は読者への手紙——といってきました。好感をあげたい訳ではない。誰が読んでくれるのか？　実際の読者と接すると、それが最優先課題になるのです。これじゃ伝わりにくいかなとか相手の呼吸に合わせるような改訂をするのは困難な作業ですが、小説は日記ではないのだし、やり甲斐《がい》があります。パンクロックのアーティストだって、ここで客席に降りてオーディエンスをぶん殴りゃ余計に盛り上がる……みたいな計算をしてステージに更なる完成度を求めるではありませんか。

渡した原稿を編集者と一緒にそこからまた、読者がどう捉えるか？　議論し、ブラッシュアップしていく。来年は五七歳になるので、これからどれだけ新しいものを発表していけるか不明です。ですから、小説やエッセイに限らず、これが最後の作品と肝に銘じ、読者――、貴方《あなた》を想《おも》って書いていきます。源治善悟郎《げんじぜんごろう》のように手間を惜しまず、貴方への礼を尊んでいきます。どれだけ歳《とし》を重ねようが、可愛《かわい》い――を追求していきます。

百年後の国語の教科書に、嶽本野ばらは生涯、可愛いを書き続けた作家――と記されたい。それが顕著なのは二〇二四年刊行の『ピクニック部』と補足なされたなら、尚《なお》、悦《よろこ》ばしいです。

二〇二四年十月某日　バッハの無伴奏チェロ組曲を聴きながら記す

嶽本野ばら

初出

ブサとジェジェ

「三田文學」2023年春季号（三田文学会）に発表したものを『文学2024』日本文藝家協会編（講談社）で加筆訂正、再録

こんにちはアルルカン

「三田文學」2024年冬季号（三田文学会）

ピクニック部

書き下ろし

＊この物語はフィクションです。
実在の人物・団体・事件とは一切関係ありません。

嶽本野ばら（たけもと・のばら）
京都府宇治市生まれ。1998年にエッセイ集『それいぬ――正しい乙女になるために』でデビュー。2000年に初の小説集『ミシン』を刊行。03年『エミリー』で、04年『ロリヰタ。』で三島由紀夫賞候補。主な著書に『鱗姫』『下妻物語』『ハピネス』『純潔』、エッセイ集『ロリータ・ファッション』などがある。

ピクニック部

二〇二四年十二月二十三日 初版第1刷発行

著者 嶽本野ばら
発行者 庄野樹
発行所 株式会社 小学館
〒一〇一-八〇〇一 東京都千代田区一ツ橋二-三-一
編集 〇三-三二三〇-五九五九
販売 〇三-五二八一-三五五五
DTP 株式会社昭和ブライト
印刷所 TOPPAN株式会社
製本所 牧製本印刷株式会社

Printed in Japan ISBN 978-4-09-386741-2